D1729636

KNEŽEVIĆ • EKATERINI

MARIJA KNEŽEVIĆ

Ekaterini

Roman

Aus dem Serbischen
von
Silvija Hinzmann

Wieser *Verlag*

Die Herausgabe dieses Buches wurde gefördert durch
TRADUKI, ein literarisches Netzwerk, das das
Bundesministerium für europäische und internationale
Angelegenheiten der Republik Österreich, das Auswärtige
Amt der Bundesrepublik Deutschland, die Schweizer
Kulturstiftung Pro Helvetia, KulturKontakt Austria, das
Goethe-Institut und die S. Fischer Stiftung gemeinsam
initiiert haben.

Wieser *Verlag*

A-9020 Klagenfurt/Celovec, Ebentaler Straße 34b
Tel. + 43(0)463 370 36, Fax. + 43(0)463 376 35
office@wieser-verlag.com
www.wieser-verlag.com

Wer weiß schon, warum all die Kriege geführt werden? Mein Vater Jorgos sagte, dass sich die Mächtigen seit Menschengedenken nur wegen des Geldes Kriege ausdenken und dass er damals einer der reichsten Menschen in Griechenland gewesen wäre, wenn nicht ausgerechnet dieser Krieg, der Balkankrieg, ausgebrochen wäre. Ich weiß nicht, ob die Jahrhunderte all ihre Kriege in Erinnerung behalten – vielleicht bleiben sie uns gerade wegen der Kriege im Gedächtnis? »Ewiges Gedenken«, haben sie vor einigen Tagen im Fernsehen gesagt. Ich weiß nicht, was sie damit meinen. Wie lang wäre denn dann so ein Gedenken? Ich verstehe immer noch nicht viel davon. Für gewöhnlich sagen die Erwachsenen zu Kindern: »Das wirst du verstehen, wenn du erwachsen bist.« Anscheinend bin ich nicht erwachsen geworden, oder die Älteren erziehen uns mit falschen Versprechungen. Eine andere Möglichkeit gibt es nicht. Reife erlangt man, verliert und findet sie wieder, das ganze Leben lang.

Ich war damals ein Kind, vier Jahre alt. Es war mein erster Krieg. Mein Vater sagte: »gegen die Türken«, wahrscheinlich weil ihm irgendwelche türkischen Klienten etwas schuldig geblieben waren. Sie hatten bei ihm irgendwelche großen Häuser bestellt, er hatte den Bau begonnen, und sie waren abgehauen, als es zu den ersten Aufständen kam. Mein älterer Bruder Taki sagte, das nenne man »Bankrott«. Ich glaube, er meinte so etwas wie, wenn man solche Lust auf Schokolade hat, dass man fast verrückt wird, aber man kriegt keine, und es kommt einem vor, als hätte es nie welche gegeben. Und prompt erinnert man sich ständig an den Geschmack. Aus purer Bosheit fallen einem all die Situationen ein, in denen man Schokolade gegessen hat – unglaublich, wie viele es sind! In allen Einzelheiten tauchen sie auf, du erinnerst dich sogar an die Jahreszeiten, Tage, Menschen, Dinge um dich herum oder an das Bänkchen am Wasserfall in Edessa oder ans Meer. Ja, das Meer! Am meisten sogar ans Meer. Dann schrumpft das Album mit den Schokoladenerinnerungen, aber dafür werden die verbliebenen Bilder mit jedem Tag der Sehnsucht schärfer, präziser.

Es kommt mir vor, als sei mein ganzes Leben eine Zeit der Sehnsucht gewesen. Das Wort »Tag« ist allmählich verblasst und nur Sehnsucht geblieben. Als ich kürzlich wieder »Kapitulation« hörte, raffte ich mich auf und zeigte Freude. Es hat zwar keinen Sinn, aber ich tue es, weil es alle tun. Eigentlich hat mich die Müdigkeit längst besiegt, obwohl ich mich nicht erinnern kann, wovon ich müde bin. Es kommt mir vor, als hätte ich das ganze Leben so gelebt, im Krieg.

Meine Mutter war geradezu wütend auf den Krieg. Sie zeterte gellend gegen ihn. Noch nie habe sie so viel arbeiten müssen, schimpfte sie. Vor dem Krieg habe sie Dienstmädchen gehabt, jetzt müsse sie alles allein machen, und das mit fünf Kindern. Sie knetete den Pitateig, der doch nie reichte, und verwünschte die Uniformen. »Nur wegen der Uniformen! Um sich zu zeigen – na, wer hat die schönste, prächtigste, schmuckste? Schürzenjäger! Sie verdrehen den Frauen den Kopf mit ihren Uniformen! Ach, immer das Gleiche mit den Männern!« Aus demselben Grund konnte meine Mutter Marija auch keine Popen leiden: »Wofür braucht ein Gottesmann eine Uniform?! Schau her, ich verbringe den ganzen Tag in einem Kittel, in diesem einen Schlafrock, der mir geblieben ist, seit diese blöden Mannsbilder auf die Idee gekommen sind, herumzustolzieren und sich gegenseitig zu übertrumpfen. Ein Chaos haben sie angerichtet, nur um zu zeigen, wer der Stärkere ist – wie die Gockel auf dem Misthaufen! Und nun? Soll bloß mal einer behaupten, ich sei nicht gläubig! *Mir* hat der Herrgott meinen Jorgos geschickt und meine Kinder, alles. Und ich liebe ihn, aber wie sehr, das weiß *ich* allein. Was gibt es da zu erzählen? Nein, die Popen will ich nicht sehen! Jetzt schon gar nicht, wo es nicht mal für uns genug zu essen gibt, soll ich die etwa auch noch durchfüttern, oder wie?! Oh nein, nicht mit mir!«

Sie schuftete wirklich den ganzen Tag, und wenn sie schlief, dann nicht länger als fünf Stunden, und das auch nicht am Stück, sondern wenn sich zwischendurch mal eine Gelegenheit ergab. Obwohl, ich glaube, die Arbeit selbst war gar nicht das Schwerste. Sie hatte auch zu den Zeiten gerne gearbeitet, als sie fast jeden Tag ein neues Kleid anzog und überallhin mit der Kutsche fuhr. Sie hatte ihre Schneiderin und ihren Schuhmacher. Von Dienstmädchen und Burschen für alles ganz zu schweigen. Trotzdem hatte sie gearbeitet, manchmal heimlich, damit ihr Mann, mein Vater, es nicht merkte. Aber es ging gar nicht um die Arbeit. Ich denke, der Krieg hatte sie enttäuscht, und zwar zutiefst. Im Grunde war sie erschüttert über die menschliche Dummheit. Sie konnte nicht glauben, konnte sich nicht damit abfinden, dass es so war; sie befand sich in ständigem Aufruhr. Und deshalb ging es ihr besser, wenn sie schimpfte und schrie. Wenn ihre Stimme mit dem gewaltigen Getöse, dem Widerhall der Detonationen und dem ununterbrochenen Wehklagen rang, das bis zu uns drang, und zwar nicht nur auf Griechisch, sondern auch auf Spanisch, Russisch, Italienisch und in welchen Sprachen noch alles.

Und die Geschichte, dass Gott ihr meinen Vater geschickt hatte, kannte ganz Thessaloniki. So, wie sie war – stark und eigenwillig, dabei aufrichtig bis zum Äußersten, und, was am schlimmsten war, sie trug das Herz auf der Zunge und sagte dir alles offen ins Gesicht –, hätte sie bestimmt nie geheiratet. Es war in der Nacht vor dem Hochzeitstag ihrer besten Freundin Panagia. Mutter war hingegangen, um sich als Trauzeugin den Bräutigam anzusehen, den, wie es der Brauch war, Panagias Eltern ausgesucht hatten. Sie sahen sich nur dort und dieses eine Mal, bei diesem offiziellen Besuch. Marija hatte sich davon überzeugt, dass Jorgos höflich und für einen jungen Mann ernsthaft genug war. Sie war zufrieden. Sie liebte ihre Freundin Panagia sehr, überhaupt gehörte sie zu den Menschen, die ihren Freunden, ihren wenigen Freunden, treu waren, ohne groß über Moral, Ordnung, Höflichkeit und Ähnliches zu reden. Deshalb wachte sie an jenem Morgen, am Tag der Hochzeit, schweißgebadet auf. Sie wusste nicht, was sie von dem Traum halten sollte, an den sie sich von A bis Z wie an ein Märchen erinnerte:

Ein herrlicher Frühlingstag. Sie und Jorgos gehen aufeinander zu. Zwischen ihnen steht ein alter Olivenbaum. Sie schauen sich in die Augen, während sie sich langsam und lange, sehr lange dem Baum nähern. Dann betreten sie endlich den kleinen Hügel aus dicken Wurzeladern, die am Erdboden dicht ineinander verschlungen sind. Sie stehen sich kurz gegenüber, blicken im selben Moment zur Sonne, die sie blendet, und dann, aber wirklich wie aus dem Nichts – dieser schrecklich laute Flügelschlag!

Das Geräusch schwillt an und macht sie taub. Marija fürchtet sich. Das Geräusch wächst mit der Angst. Wir sind erledigt! – ihren Schrei hört sie nicht. Zwischen Furcht und Fassungslosigkeit vergeht nur eine Sekunde. Es scheint ihr, als könnte sie das Entsetzen auf ihrem eigenen Gesicht sehen. Sie sieht es deutlich, ist erschüttert über ihr eigenes Antlitz. Im selben Moment, den Höhepunkt oder bereits den Tiefpunkt des Entsetzens erreichend, fällt ihr Blick auf Jorgos. Er lächelt wie zuvor, als er auf den Baum zuging. Das Lächeln kommt auf sie zu. Ihr Gesicht strahlt auf einmal. Die Panik verschwindet plötzlich und macht seligem Frieden Platz. Angst und Ruhe und nichts dazwischen. Aus dieser Ruhe heraus kann sie Jorgos' und ihr eigenes Gesicht gleichzeitig sehen – ihre Gesichter sind identisch, zwillingsgleich. »Wohin ist der Mann verschwunden?«, fragt sie sich. Sie steht sich selbst gegenüber, dabei weiß sie, dass kein Spiegel da ist, es kann auch nicht ihre Schwester sein. Denn obwohl es ein Traum ist, weiß sie, dass sie keine Zwillingsschwester hat. Das ist eine Erscheinung! – eine kleine Welle der Erregung kündigt eine größere an, doch dann verschwindet der ohrenbetäubende Flügelschlag. Aus der gleißenden Helligkeit steigt eine weiße Taube auf und gleitet anmutig durch die Lüfte, während oben, im Licht, weiße Federchen mit dem Wind spielen und eine Weile schweben. Die Taube nimmt alle Bilder mit sich fort, außer das von Jorgos' Gesicht, nun wieder seines, und das von diesen kleinen weißen Federn, die aussehen, als fielen sie aus einer himmlischen Baumkrone herab. Sie schauen zu, wie sie auf der schmalen Stelle genau zwischen ihren Füßen landen. Als sie gleichzeitig einen Schritt aufeinander zugehen, betreten sie diesen flauschigen Teppich. Eine Hand streckt sich der anderen entgegen. In den Fingern ist angestaute Sehnsucht, und sie verstricken sich ineinander, leicht, ohne Druck, und verbinden sich sanft zu einem unentwirrbaren Knoten, als hätten sie es immer schon getan.

Marija erinnerte sich eigentlich gar nicht an ihre Hochzeit. Statt der wohligen, für immer umnebelten Verwirrung erinnerte sie sich an diesen Traum, an den Morgen, als sie aufwachte und zum ersten Mal nicht wusste, was sie fühlte – ob sie verzweifelt oder glücklich war. Glücklich? Oh, die Wirklichkeit ist kompliziert, sie verlangt Definitionen, Begründungen. Aber dafür war keine Zeit. Schnell folgten der Skandal wegen der aufgelösten Verlobung, der noch schneller vertuscht wurde, und eine unüberwindliche Scheu, verstärkt durch die vergebliche Mühe, ihre Freude zu verbergen, nicht jene vorübergehende, sondern die von Frieden begleitete Freude, von der man gleich weiß, sie wird ewig dauern, dieser wahrhaft göttliche Segen, als sie Jorgos an der Tür ihres Elternhauses erblickte und ihr schien, als habe sich das alles schon einmal abgespielt – als sehe sie zum zweiten Mal, wie er um ihre Hand anhält; sie betrachtete wieder ihre Hochzeit und die Geburt ihrer fünf Kinder.

* * *

Wo ist er? Warum ist er noch nicht da? Gut, ich bin wie immer etwas zu früh, für alle Fälle, aber eigentlich hätte er schon vorbeikommen müssen, wie jeden Tag um diese Zeit. Wie sehe ich aus? Ob er noch kommt – und auch heute ein Stück Schokolade für mich hat?

Auch wenn die Ereignisse und Eindrücke in puncto Gefahr gefährlich wetteiferten, für die kleine Ekaterini war und blieb dieser Krieg das Warten auf den Piloten, jeden Tag an derselben Stelle, auf den Treppenstufen, wo sie saß und ungeschickt so tat, als sei sie rein zufällig gerade jetzt hier, und dann ging er vorbei, groß und lächelnd, in einer wunderschönen Uniform, schon von Ferne verkörperte er alles, wonach sie sich sehnte, übertraf alle Sehnsucht. Sie beobachtete, wie er ging, stehen blieb und ihr wortlos, aber immer mit einem Lächeln, ein Stück Schokolade hinhielt. Sie sieht ihre Hand heute noch vor sich, ihr verschämtes übermütiges Gesicht. Es war ihre erste und, wie sie immer wieder sagte, größte Liebe. Auch neunzig Jahre nach jenem Tag, seit der Pilot nicht mehr vorbeikam, war es noch niemandem gelungen, ihr das auszureden, und es versuchte auch niemand. Sie hatte die Liebe erkannt. Die Liebe ist ein Geheimnis, das wir nicht ganz enträtseln können, selbst wenn wir es wollten. Jeder empfängt sie und entwickelt sie weiter oder tut mit ihr, was immer er will. Die Liebe ist nur ganz in sich. Unteilbar. Unerzählbar. Und so in sich vor allen Zweifeln geschützt, die andere Gefühle für gewöhnlich begleiten – ist sie es oder nicht, wie ist sie, wie groß ist sie? Die Liebe ist ein Wort, das nur deshalb existiert, weil wir Menschen die Sprache brauchen. Die Liebe hat alles.

Ekaterini stellte sich ihre Mutter Marija immer in vornehmen Damenkleidern vor, so wie sie sie als ganz kleines Mädchen aus der Zeit vor den Kriegen in Erinnerung hatte. Ihre »richtige« Mutter war nicht diese Frau mit oder ohne Schürze über dem Schlafrock – in dieser Uniform, die sie zwischen dem Zweiten Balkankrieg und dem Ersten Weltkrieg nicht mehr auszog. Diese Frau steckte sich die Haare nicht zum Dutt hoch. Ihre Haarsträhnen schrien wie Stimmen gegen den Kriegslärm an. Die Welt, in der sie leben wollte, befand sich nur an zwei Orten – abgelegt auf dem Dachboden und vertieft in die Unendlichkeit der aufs Meer gerichteten Blicke. Dem Meer können wir uns nur ganz ergeben, auch oder vielleicht gerade weil es nichts von uns fordert. Unmerklich nimmt es uns in seinem stummen Überfluss an, offen, damit wir alles darin lesen, was uns in dem Moment in den Sinn kommt. Das Meer – Frieden und Drama gleichermaßen und reine Schönheit und Blau und Grau und Grün und Trost und Versprechen und nur ein Blick. Eine Welt für sich, unabhängig, sich selbst genügend, aber auch eine fortwährende Einladung, sich ihm zu ergeben.

»Ich wäre gern wie das Meer«, dachte Ekaterini oft – auch wenn sie den Detonationen lauschte, aber auch in den Jahren des Friedens, des guten Lebens, der Armut, der Liebe und der Einsamkeit. Was das Meer betraf, war sie dieselbe geblieben, ihm in derselben Weise zugetan sowohl als siebenjähriges Mädchen, das sich aus dem Haus stiehlt, um zum ersten Mal allein zum Ufer zu rennen, als auch als alte Frau von achtundneunzig Jahren, weit weg vom Meer, gefangen auf dem Kontinent.

Der Dachboden war immer abgeschlossen. Die Geschwister hatten sich mit dem Verbot abgefunden, sie vergaßen ihn schnell, abgelenkt von all dem, was sich im Rest des Hauses, auf der Straße und in der Welt ereignete. Für Ekaterini war der Dachboden vor allem eine Herausforderung; dieser Ort, den man ihr als unmöglich, unzugänglich erklärt hatte, zog sie gerade deshalb an, und es reizte sie, sich dem zu widersetzen, was die Eltern sagten und die Geschwister für unwiderruflich hielten. Sie ertrug es nicht, dass jemand Entscheidungen für sie traf. Egal welche, und wenn es nur darum ging, ein Nachthemd auszuwählen. Ausweglose Situationen belustigten sie – menschliche Dummheit, Schwäche oder das Bedürfnis zu mystifizieren erst recht. Es gab immer einen Weg, man musste ihn nur finden. Und tatsächlich, im Garten stand eine für diese Gegend untypische Tanne, irgendwie vergessen zwischen Feigen-, Mandel-, Zitronen- und Olivenbäumen, Gemüsebeeten und den Hühnern, die überall herumpickten. Ekaterini hob den Blick, ruhig, forschend, und bemerkte, dass sich die Tanne mit ihren Ästen gewissermaßen ans Haus lehnte, und dann sah sie das offene Dachbodenfenster.

Atemlos vom Hinaufklettern und vorsichtig schlich sie über das alte Parkett, damit ihre Schritte sie nicht verrieten. Ekaterini wusste, dass ihr nicht viel Zeit bliebe zum Staunen, das sie fühlte, noch bevor sie das »verzauberte Zimmer« erblickte. Unter den Sachen, die ihre Mutter Marija auf dem Dachboden ordentlich abgestellt hatte, dominierte eine große Seemannskiste. Sie war nicht verschlossen, was den raschen Atem des kleinen Mädchens beruhigte, denn es überzeugte sie davon, dass man sie an diesem Ort nicht vermutete. Plötzlich verspürte Ekaterini die Kraft, den schweren Deckel anzuheben. Und von diesem Moment an schien es ihr, als sei sie buchstäblich in eine andere Welt eingetaucht. Göttlich! Was für Kleider, mit künstlichen Federn geschmückte Krägen in verschiedenen Farben, Schärpen, Spitzen, Strumpfbänder, Strümpfe, was für Muster, welche Farben! Sie wählte eine Farbe aus, zog mit etwas Mühe ein Kleid an, schlang sich einen Schal um den Hals und warf ein Ende elegant über die Schulter. Mit besonderem Genuss schlüpfte sie in Mutters Schuhe. Diese faszinierten sie sofort mehr als alles andere. Sie bewunderte kurz ihre neue Erscheinung in einem großen altmodischen Spiegel mit geschnitztem Holzrahmen und nutzte die verbleibende Zeit, um in den mindestens fünf Nummern zu großen Schuhen herumzustolzieren.

In den viel zu großen Schuhen musste sie noch vorsichtiger gehen, staunte selbst, wie sehr sie es genoss. Nicht einmal die Kleider und auch nicht die Schuhe, sondern diese Art zu gehen. Diese ungewohnten Schritte reizten sie zum Lachen und verschafften ihr gleichzeitig die unbeschreibliche Befriedigung eines völlig neuen Gefühls. Sie war wichtig. Aber nicht nur sie sich selbst, sondern ihr schien, als wäre sie in die *Welt der Wichtigkeit* vorgedrungen. Zum ersten Mal ähnelte sie sowohl einer Dame als auch ihrer Mama. Sie hatte nicht geahnt, wie nah sie diese Erfahrung ihren tatsächlichen Wünschen bringen, wie sie sie hervorlocken würde, klarer, eindeutiger zu werden, weit weg vom Alltag, der vom Warten auf den Piloten und die Schokolade geprägt war. In ihrem Inneren hörte sie eine bis dahin unbekannte Frage – wie wollte sie eigentlich sein, wenn sie erwachsen war, also bald, sobald all dies vorbei wäre. *Ich bin eine richtige Dame!* – dachte sie ein für alle Mal. Und von diesem Tag an sah die ganze Welt nur wie eine Einleitung, eine Vorbereitung, eine langweilige Vorläufigkeit aus, die bis zu jenem richtigen Leben durchlebt werden musste.

* * *

Meine Großmutter Ekaterini hätte leicht Chavela Vargas oder eine vielleicht noch berühmtere Sängerin und Komponistin werden können. Hartnäckig, wie es schon immer ihre Art gewesen war, behielt sie den Wunsch, Gitarre zu spielen und zu singen, klugerweise für sich, wohl wissend, dass allein die Erwähnung einer solchen Idee zumindest Entsetzen hervorgerufen hätte: »Soll unsere Tochter etwa Zigeunerin werden?! Nur über unsere Leichen!«

Die schweren Zeiten verstrichen und wurden immer schlimmer. Vater Jorgos ließ schließlich von den vergeblichen Versuchen ab, die Familie zu ernähren. Mutter Marija wusch weiterhin die Wäsche der Reichen, Neureichen, Kriegsgewinnler oder jener, die schlau genug waren, ihr Vermögen zu retten zu Zeiten, wo einem selbst die lebhafteste Fantasie in diesen Dingen nicht mehr weiterhalf. Einige schafften es offensichtlich dennoch. Wäsche gab es jedenfalls genug. Zu allem bereit zu sein verstand sich von selbst. In Kriegszeiten tritt die Moral wie alles andere den Rückzug an vor der Invasion der Gedanken ans Überleben. So beschloss Marija, dass ihr ältestes Kind eine Lehre machen sollte, damit es so schnell wie möglich in der Lage wäre, das kleine, nur mühsam durch schmutzige Wäsche gewährleistete Auskommen durch etwas Überzeugenderes zu ergänzen.

Der Modesalon von Madame Atina genoss in Thessaloniki höchstes Ansehen. Wenn schon, denn schon. Marija war überglücklich, als die höhere Angestellte, der sie ihre Geschichte erzählte und sie darum bat, die zehnjährige Ekaterini in die Lehre zu nehmen, leise sagte: »In Ordnung.« Der Lohn der Anfängerin war niedrig, doch »Geld ist Geld, wir können jeden Pfennig gebrauchen, und außerdem, wenn sie bei Madame Atina ausgelernt hat, kann sie sogar bei Hofe nähen!« – all dies wiederholte Marija euphorisch immer aufs Neue ihrem Mann, der melancholisch bald sie, bald das künftige Lehrmädchen ansah, die übermütige Ekaterini, sein ältestes aus reiner und nie erloschener Liebe entstandene Kind.

Sie lernte schnell. Das Nähen ging ihr leicht von der Hand, und sie war erstaunt über ihre neuen Fähigkeiten, an die sie früher nicht einmal gedacht hätte.Nachdem sie sich davon überzeugt hatte, dass das Atelier »ein ehrbares Haus« war, hörte Mutter bald auf, sie von der Arbeit abzuholen. Ekaterini ging allein nach Hause, immer am Meer entlang, auf der Paralia, der Strandpromenade von Thessaloniki, und ließ ihren Gedanken freien Lauf, nicht ahnend, dass sie zehn Jahre später Begriffe wie »Korso« oder »Riva« würde lernen müssen. In diesen Momenten fühlte sie sich wohl, sie ging frei, leicht und graziös. Die körperliche Harmonie gründete in dem Bewusstsein, eigenes Geld zu verdienen, mit welchem sie fast allein die siebenköpfige Familie ernährte. Sie überzeugte sich davon, dass sie es konnte, dass sie dazu in der Lage, dass sie selbstständig war. Am Meer dachte sie auch über ihre neuen Freundinnen nach, ließ sich die heimlichen Gespräche nochmals durch den Kopf gehen, über die jungen Herren, die in den Salon zu kommen pflegten, um Kleider für ihre Frauen, Töchter oder Geliebten zu kaufen. Diese Spaziergänge waren der schönste Teil des Tages. Der Sonnenuntergang, die Gedanken an die Zukunft, wie sie als Schneiderin berühmt werden würde und wählen könnte: Paris, London … Aber im Unterschied zu einem mühsamen Pläneschmieden für die Zukunft waren dies leichte Gedanken, angenehm wie der Mistral, das Rauschen der Wellen oder eines Feigenhains, beruhigend, ermutigend. Irgendwo im Rahmen des Anblicks, welchen die volle Länge der Paralia bot, befand sich die Freihandelszone. Ekaterini hatte gehört, dass es dort viele Jugoslawen gab, die gut verdienten, weil ihr Geld stärker sei als der Dollar. »Einfach unglaublich!«, dachte sie flüchtig. »Gibt es denn wirklich etwas Stärkeres als Amerika?«

Aber der Salon von Madame Atina sollte bald nur noch ein weiteres Märchen aus Friedenszeiten sein. Genau an dem Tag, als Marija beschloss, ihre Tochter diskret zu beschatten, ihr in einer gewissen Entfernung auf dem Weg zur Arbeit zu folgen, den Salon zu beobachten und so weit wie möglich die Situation von außen zu verfolgen, traf eine Bestellung von Fräulein Carmen ein, einer der berühmtesten Kurtisanen im damaligen Thessaloniki. Marija kam es gleich verdächtig vor – die Kutsche, die vor dem Salon hielt, war zu pompös, aber auf eine, wie soll man sagen, billige Art. Der übertriebene Luxus, den die junge Frau, die gerade den Salon betrat, ausstrahlte, ließ nur einen Schluss zu. Marija beobachtete gespannt weiter. Die Frau blieb nicht länger als eine halbe Stunde. Die Kutsche fuhr denselben Weg zurück. Stunden vergingen. Und dann kam die Kutsche wieder, und dieselbe junge Frau, nur in einem anderen Kleid, stieg aus und betrat erneut den Salon. Bald darauf kam sie zurück in Begleitung von Madame Atina und – sieh einer an! – ihrer, Marijas, zwölfjährigen Tochter Ekaterini. »Da ist doch etwas faul!«, dachte Marija und beschloss, die Kutsche unter keinen Umständen aus den Augen zu lassen. Zum Glück hatte sie alles Geld bei sich, das sie besaß. Sie bot einem Kutscher ein paar Drachmen mehr, damit er unbemerkt die prunkvolle Kutsche verfolgte. Die Fahrt dauerte lange. Ungläubig sah sie, dass sie in den Teil Thessalonikis gelangten, von dem alle wussten, welcher Art er war und wer da lebte. Sie traute ihren Augen nicht, als sie ihre Tochter die in goldglänzendes Papier eingepackten und mit Schleifen versehenen Schachteln in die Villa von Fräulein Carmen hineintragen sah. »Das ist ja wohl die Höhe!«, rief sie, der Kutscher fragte: »Was?« Sie überhörte seine Frage, beobachtete regungslos weiter: Nach fünfzehn Minuten kamen Madame Atina und Ekaterini wieder heraus, und die prunkvolle Kutsche fuhr zurück zum Salon. »Folge ihnen!«, befahl sie dem Kutscher nun schon weniger aufgeregt, dafür zunehmend zorniger. Sie war erbost, aber auch wegen der endgültigen Erkenntnis beruhigt: ein echtes Drama! »So wie bisher auch«, antwortete der Kutscher diskret andeutend, dass er in der ganzen Zeit davor keinen Anlass für eine solche Aufregung gesehen hatte.

»Oh, wo kommen Sie denn her, Frau Marija?«

»Papperlapapp, wo ich herkomme!«, schrie sie Madame Atina an, nachdem sie Ekaterini gepackt und fest an die Hand genommen hatte. »Ich dachte, das hier sei ein ehrbares Haus! Ich habe Ihnen mein Kind anvertraut! Damit es eine Lehre macht! *Auf anständige Art!*«

»Und, wo ist das Problem?«

»Wo das Problem ist? Das wagen Sie noch zu fragen?! Sie glauben wohl, dass wir arme Trottel sind und blind dazu?! Nicht wahr?! Dass wir alles hinnehmen?! Aber da haben Sie sich schwer getäuscht, *gnädige Frau*!«

»Bitte schreien Sie nicht so, ich verstehe immer noch nicht. Wenn ein Missverständnis vorliegt, können wir alles in einem normalen Gespräch regeln.«

»Normal?! Wenn es für Sie normal ist, dass das Kind mit zwölf, *mit zwölf Jahren!*, dass das Kind in ein Bordell geht, oh nein, für mich ist es das nicht! Hier haben Sie alles, was meine Tochter in diesem Monat verdient hat, wir nehmen keinen Pfennig von Ihnen! Und Gott wird Sie eines Tages strafen für das, was Sie getan haben! Schande!«

»Wie bitte?«

»Ja, bitte du nur, du Ärmste. Du bist ärmer als wir, auch wenn du diesen Salon hast! Ich will dich nie wieder sehen, und wehe du sagst noch ein Wort, ich kann mich nämlich kaum mehr beherrschen! Ich könnte dich erwürgen! Marsch, du Miststück!«

Wenn man eine Tür einmal zugeschlagen hat, bleibt sie für immer verschlossen. Wenigstens war das in Ekaterinis Leben so, noch bevor sie anfing, ihr eigenes Geld zu verdienen, und auch dann, als sie unter Aufsicht zu Hause saß und mit Hausarbeit eingedeckt wurde, als sie heiratete, und später auch. Tür ist Tür. Ein versperrter Durchgang oder eine verschlossene Öffnung, die uns von dem trennt, was sich jenseits befindet.

Io sono solo

Es ist traurig und also auch unweigerlich komisch, wie wenig wir über unsere Vorfahren wissen. Wir sind im Bilde, solange es uns nicht lästig wird, Überliefertes anzuhören, zusammengesetzt aus unzähligen Erzählmotiven anonymer oder halb bekannter Autoren, die jedoch keinesfalls weniger nach Effekten heischen oder weniger blind sind vor Eitelkeit als ihre berühmten Kollegen. Ganz zu schweigen von ihrer Senilität. Wie ist er also zu verstehen, dieser prophetische Rat: *Erkenne dich selbst*? Ist es überhaupt möglich, irgendetwas über sich selbst zu erfahren, wenn man seine Herkunft und Vergangenheit mehr oder weniger nur anhand von Anekdoten erraten kann?

Einst, vor langer Zeit, so lautet eine Version der Geschichte, tauchte an dem Ort, wo heute Karlobag liegt, ein Mann mit einem Bündel auf der Schulter auf. Den Einheimischen war der Fremde gleich verdächtig, und wie Einheimische nun einmal sind, waren sie geneigt, diese Erscheinung, die nicht in ihren gemächlichen Alltag passte, als Eindringling zu bezeichnen, manche sogar, ihn zu vertreiben. Aber auch Einheimische sind Menschen, und etwas Neugierde steckt auch noch in ihnen, sodass sie erst fragen müssen.

»Wer bist du denn?«

»*Io sono solo.*«

»Šolo? Habt ihr gehört? Er heißt Šolo. So einen Namen habe ich noch nie gehört!«, lachte der inoffizielle, selbst ernannte und anerkannte und, zugegeben, sehr verantwortungsvolle Beschützer des Ortes. Früher gab es solche Leute, echte Führer, deren Schwächen man nicht erwähnte, weil das angesichts ihrer viel wichtigeren Fähigkeiten unpassend gewesen wäre. Alle anderen fielen gehorsam in sein Lachen ein.

Bis heute sind die Kozmićs eher als Šole bekannt, denn Šole ist der Überbegriff, der den ganzen kleinen Stamm bezeichnet, während die vielköpfige Familie Kozmić nur ein Zweig davon ist. Schwer zu sagen, wann etwas passiert ist, wenn in einem Ort die Zeit stillsteht. Wie ein Stein, der überall Stein ist und nur hin und wieder auf einem Häufchen Erde liegt, das von irgendwoher mitgebracht wurde. Fisch, sagt man, ist Speise von Gott, doch auch dort, wo es zwar genug Fisch, aber nicht genug Brot gibt, betrachten sich die Menschen als arm. Und deshalb ist es ein großer Erfolg, wenn jemand fortgeht, irgendwohin, weit weg. Je weiter weg, desto größer der Erfolg. Dort, weit weg, kann es nur besser sein, glauben ganze Generationen von Bewohnern kleiner Orte, in denen es nicht genug Brot gibt und nicht genug von dem, was in fremder, von anderswo mitgebrachter Erde wächst.

Stipe hatte sich zum Zollbeamten des Königreichs der Serben, Kroaten und Slowenen emporgearbeitet. Er hatte nicht nur Geld und das, was man mit Geld kaufen konnte, sondern vor allem einen *Beruf*. Ein Zollbeamter in der Familie war für all seine Verwandten Grund genug, etwas Besseres zu sein, sich als wichtige Persönlichkeiten zu gebärden und auf jeden Fall *über* den übrigen Ortsbewohnern einzuordnen, die ohnehin schon neidisch waren und dadurch gleichzeitig ebendiese Wichtigkeit ihrer Landsleute untermauerten. Das Volk ist kompliziert. Stipe, ein rechtschaffener, fleißiger junger Mann mit Familiensinn, hatte weder die Zeit noch die Erfahrung zu bemerken, dass sein Status als riesiger Erfolg bezeichnet wurde und dass das ganze Dorf diesen Erfolg vereinnahmte.

Er zog um, reiste und ließ sich dort nieder, wohin ihn sein Dienst führte, und war so nach Thessaloniki gelangt. In der Freihandelszone, dem einst weiträumigen und sehr belebten Ende der Paralia, von wo aus man schön das Herz der Stadt, Lefkos Pirgos, die Weiße Burg, sehen konnte, arbeiteten damals viele Jugoslawen, wie sich ein Großteil von ihnen nannte. Ihr Gehalt bekamen sie in Drachmen ausbezahlt. Und außer den Geschichten und Anekdoten sagt auch dies eine Menge über das Königreich der Kroaten, Serben und Slowenen aus: dass seine Beamten, die in der Freihandelszone von Thessaloniki tätig waren, jeden Monat mit einer Reisetasche in der Hand ihr Gehalt abholten. Und dass das Geld kaum in diese Tasche passte, in die ein Reisender damals alles, was er für einen Monat zum Leben brauchte, packte, denn eine Reise dauerte lange, und man wusste nie, was einem unterwegs passieren würde. Man musste für alle Fälle mit ungefähr einem Monat rechnen. Manchmal blieben Züge aus heiterem Himmel stehen oder Autos im Schlamm stecken. Und nicht immer kam wie in einer Geschichte gerade dann ein Bauer daher, wenn er gebraucht wurde, hatte ein Pferd dabei und war bereit, es zu verkaufen. Deshalb machte man sich mit großen Koffern auf die Reise. Man hob sie an, schleppte sie ein Stück weit und stellte sie wieder ab. Reisenden stand die Anstrengung ins Gesicht geschrieben. Erst hatten sie sich zu Hause gemartert, um ja nichts zu vergessen. Besser tragen als fragen – murmelten sie beim Packen vor sich hin und wollten nicht wahrhaben, dass ein Mensch, der reist, immer etwas vergisst.

* * *

»Na los, Stipe, du musst mal ein bisschen unter die Leute gehen! Was vergräbst du die Nase in Büchern, du hast ja schon eine Staubschicht auf dem Gesicht! So kann man doch nicht leben! Schau dich mal um, entspann dich, mach mal eine Pause, genieß das Leben! Schau mal, so viele Cafés, fröhliche Menschen, so viele schöne Mädchen! Wenn es irgendwo ein Volk gibt, das es versteht, fröhlich zu sein, dann hier! Und du, anstatt da zu leben, wo du bist, denkst nur an die Arbeit und daran, Geld nach Hause zu schicken! Damit die anderen leben können, nicht wahr, und du selbst wirst das Leben genießen, wenn du dann eines Tages in Rente gehst, ja? Vergiss es – das wird kein gutes Ende nehmen«, bemühte sich Pate Božović, der »Experte fürs Leben«, den »bescheidenen Stipe« zur Besinnung zu bringen.

»Ach, ich bin nicht so einer. Und du wirst es mir auch nicht beibringen. Ich bin alleinstehend – so fühle ich mich, seit ich denken kann. Und ich arbeite lieber, als mich zu vergnügen. Das passt besser zu mir, ich habe lieber meine Ruhe.«

Die Anekdote, wie Pate Božović zur Familie Porjazi gekommen ist, fehlt. Nur so viel ist bekannt: Er wurde freundlich empfangen, mit den obligatorischen Süßigkeiten, Kaffee und Wasser und auch dem einen oder anderen Ouzo, einem Gläschen Mastika und Marijas Pita, die in der Stadt unübertroffen geblieben war, obwohl Thessaloniki sich damals durch einheimische und ausländische Zuwanderer vergrößerte. Der Pate kündigte daher seinen Hauptbesuch für den »richtigen Zeitpunkt« an, um bei einigen »vorbereitenden Besuchen« sowohl die Spinatpita, die er am liebsten mochte, als auch die

Fleischpita, deren Zutaten ihm ein ewiges Rätsel blieben, zu probieren – oder war ihm jetzt doch die Käsepita am liebsten? Er tat alles, um dieses Dilemma in die Länge zu ziehen. Jorgos und Marija hörten ihm aufmerksam zu, während die Töchter kichernd hinter verschlossenen Türen lauschten. Schon beim ersten Besuch hatte sich die kluge Aphroditi, als sie den Gast reden hörte, zu ihren Geschwistern umgedreht und, obgleich sie die Jüngste war, gesagt: »Unsere Ekaterini wird heiraten!«

Es ist nicht leicht, sich seine Großmutter vorzustellen, wie sie ausgesehen hat, als sie jung war. Großmütter sind immer alt, und ihre Rolle besteht in den meisten Fällen darin, gütig zu sein. Selbstverständlich können wir annehmen, dass auch sie früher flatterhaft, neugierig, lebenslustig und vergnügungshungrig waren, dass sie aufgeregt waren, wenn sie einen stattlichen jungen Mann erblickten. Auch sie fragten sich bei jedem Mann, der ihnen gefiel, »ob das Schicksal wohl diesen für mich bestimmt hat«, wenn er auf der Straße vor ihnen den Hut lüftete oder eine Verbeugung andeutete. Die Hutmode änderte sich, die Fragen aber bleiben die gleichen, wie alte Rezepte. Manche träumten von einer heißen Liebe, andere von einem Leben in Reichtum, die meisten jungen Frauen hofften auf beides, und dann waren da auch immer schon die, deren Gedanken schwer zu durchschauen sind, die sich von allen Erwartungen abgrenzen, manchmal auch von ihren eigenen.

Bekanntschaft macht man nur mit dem Namen, aber im Grunde enthüllt sie auch die Person. Frauen wechseln sie schneller als Männer ihre Hüte und ihre Vorstellung von Frauen. Als Stipe Ekaterini damals zum ersten Mal begegnete, verliebte er sich für immer in sie. Als würde er es vorausahnen, hatte er schon auf dem Weg zum Haus der Familie Porjazi zu seufzen begonnen. Kein Weg, den er während seiner gesamten Dienstzeit zurückgelegt hatte, war ihm je so lang erschienen.

»Keine Sorge, denk daran, du bist eine gute Partie!«, ermutigte Pate Božović den Jungen, der zu einem Mann herangereift war, der die ganze Zeit schwitzte, ständig einen »für einen großen Kopf« maßgefertigten Hut lüftete, sich mit dem Taschentuch die Stirn trocknete und das Tuch jedes Mal wieder ordentlich zusammenfaltete und in die Tasche zurücksteckte.

Stipe wurde vom ersten Tag an der Liebling im Hause Porjazi. Und das nicht nur, weil er gut situiert war – in der Tat eine gute Partie –, sondern weil seine imposante Erscheinung und seine zurückhaltende, unverfälscht sprudelnde Sprache die lange Tradition dieser Gegend, die, wenn es um die Verheiratung einer Tochter ging, Gefühlen allenfalls den zweiten Rang zugestand, außer Kraft setzten. Sie hatten ihn alle gern, so riesig und doch zurückhaltend, wie er war, und auch tüchtig – ein häuslicher Mensch, das sah man auf den ersten Blick, jemand, der glasklar das Leben liebte, auch wenn er das selbst vielleicht gar nicht wusste, ein Familienmensch, zuverlässig. All das stand Stipe auf die Stirn geschrieben. Und dann stand da noch, möglicherweise sogar in fetten Buchstaben, dass er verliebt war. Es ist interessant, dass Menschen diese Art von Schrift übersehen. Aber in diesem Fall war es gut, dass nur eine Person im Raum diesen Satz gelesen hatte, der über allen Tugenden von Stipe stand. Die Familie war vom restlichen Text begeistert. Pate Božović strahlte vor Zufriedenheit, weil er diese Verbindung vor allem als seinen Erfolg verbuchte. Nur Ekaterini blieb zurückhaltend. Sie hatte alles gelesen. Die anderen konnten einfach einen feinen und reichen Gast empfangen, aber für sie entschied sich hier ihr Schicksal. Innerlich verlängerte sie die Zeit der Interpretation dieses Satzes, ihre ganz eigene Zeit, eigentlich ihre Mädchenzeit, indem sie die Tage zu Monaten erklärte, denn nach dem Brauch blieb ihr nicht viel Zeit zu entscheiden, ob ihr der Bräutigam gefiel oder nicht. Die Frist drängte, aber Ekaterini ließ sich niemals drängen, und darauf war sie sogar stolz.

»Na ja, er ist höflich«, sagte sie, und von dem Moment an, als Stipe in ihr Haus getreten war, machte sie immer längere Spaziergänge am Meer.

* * *

»Warum liebt sie mich nicht, meine Kata?! Was hab ich getan? Wo hab ich einen Fehler gemacht?« Stipe war verzweifelt, als die Familie Porjazi anfing, seine angekündigten Besuche mit den verschiedensten Ausflüchten abzuwimmeln.

»Du Dummkopf!«, wetterte Pate Božović. »Sie sind eben Griechen!«

»Na und, mich stört es nicht, dass sie Griechen sind. Stört es sie, dass ich Jugoslawe bin?«

»Ach herrje, wo lebst du denn?! In einer anderen Welt? Junge, Junge, weißt du denn nicht, wie die Griechen sind, he?«

»Wie denn?«, brachte Stipe mühsam heraus, denn es schnürte ihm vor Kummer die Kehle zu, weil ihn seine Kata, davon war er überzeugt, nicht liebte und der Pate, um ihn zu schonen, ihm das nicht sagen wollte und stattdessen alles Mögliche erfand.

»Mensch, das sind doch verstockte Orthodoxe! Und du bist Katholik. Begreifst du nicht, dass das für sie ein Problem ist? Sie lieben dich, und Kata liebt dich, aber der Glaube ist stärker.«

Plötzlich lebte Stipe wieder auf. Dabei erschrak er selbst darüber, wie sich ein Mensch von einer Sekunde zur anderen ändern konnte. Als hätte Pate Božović ein Zauberwort gesprochen, das den Stein anhob, unter dem Lazarus nun hervorkroch und weiterlebte, als sei nichts geschehen.

»Also geht's nur darum? Ist das wahr, oder denkst du dir das aus, um es mir leichter zu machen?«

»Was meinst du mit *nur*? Oje, mit wem hab ich es bloß zu tun! Das ist ein Problem, Mann, ein großes Problem! Größer als dein verliebter Quadratschädel!«

»Jetzt sag schon, ob es nur das ist, was sie stört. Würde mich meine Kata lieben, wenn ich ihren Glauben hätte?« In Stipes Stimme schwang die Kraft der Hoffnung mit, die er daraus schöpfte, dass diese Geschichte über den Glauben stimmen könnte. Der Pate sah ihn fassungslos an und verkniff sich zu Recht eine Antwort.

»Na, wenn das so ist, dann mach mir sofort einen Termin in der Kirche, damit sie mich umtaufen. Heute noch. Zahl dem Popen, was er verlangt, hier, nimm das Geld! Ich kann es gar nicht fassen! Danach trinken wir die ganze Nacht, auf meine Rechnung! Und jetzt geh, beeil dich, sag, dass du mein Taufpate bist. Sag, was man sagen muss, er soll nur einwilligen!«

»Ich soll wirklich dein Taufpate sein?«

»Warum nicht, wer denn sonst?! Und jetzt stell mir keine Fragen, sondern beeil dich, ich will so schnell wie möglich orthodox werden!«

»Warte, eine Frage noch – wie willst du denn heißen? Stefan?«

»Egal! Mir ist nur wichtig, dass mich meine Kata liebt. Auf den Namen kommt's nicht an, den hab ich mir beim ersten Mal auch nicht ausgesucht! Und den Glauben auch nicht. Kirche ist Kirche, und Gott ist Gott, und zwar einer, jawohl! Aber meine Kata! Meine Kata werde ich sonst nie wiedersehen, das weiß ich. Wenn ich sie jetzt gehen lasse, geht auch mein Leben mit ihr!«

* * *

Ekaterini und Stipe lebten in einer vornehmen Gegend, in einem schönen Haus mit Blick aufs Meer. Dieser Ausblick war das Einzige in ihrem Leben, was gleich blieb, solange sie sich kannten. Er verheiratete sie im Grunde von Tag zu Tag neu, von Augenblick zu Augenblick. Beide waren diesem Blick gleichermaßen verbunden, nur ihm gehörten sie für immer, und diesen Besitz empfanden sie nie als Bürde, sondern als selbstverständliche Ruhe und Schönheit.

Mein Großvater Stipe war verliebt, meine Großmutter Ekaterini zufrieden. Einen Menschen wie ihn nicht zu lieben war unmöglich. Alle liebten ihn. Der Sesamringverkäufer, der Mechaniker, der Konditor – die ganze Straße. Sie liebten ihn bei der Arbeit, und in unbekannten Stadtvierteln gewann man ihn lieb, sobald er dort hinkam. Ekaterinis Liebe aber durchströmte das ganze Haus, die riesigen Zimmer, die Perserteppiche, die antiken Möbel mit Schnitzereien, das Kristall, die wunderschönen Kleider und Schuhe, die sie jeden Tag wechseln konnte. Sie umhüllte den ganzen Raum, den Stipe Leben nannte. Ekaterini war keine geborene Köchin, doch auch sie mochte es, wenn sie Freunde zu Gast hatten, sie Köstlichkeiten auftischte und Stipe zu singen begann: »Dort, in der Ferne, wo die gelbe Limone blüht ...« Anfangs verstand sie den Text nicht, aber ihr gefiel, was sie fühlte, während Stipe mit geschlossenen Augen ganz hingebungsvoll und piano dieses Lied sang. Auch er dachte nicht darüber nach, dass man manchmal sein Schicksal mit einem Lied heraufbeschwört. Er liebte dieses Lied, von Anfang bis Ende, ließ kein Wort aus über die Ferne, das Meer, Korfu und alles, was dieses aus tiefem Schmerz entstandene Trauerlied umfasste. Er liebte es, dieses Lied zu singen, genau wie er Ekaterini liebte – die Frau, die ein Lied war, denn nur so erlebte er die Liebe; er liebte diese Mischung aus Worten, Musik, Bauchkribbeln, Schweißtropfen und einer solchen Sehnsucht, dass sie jedem gehören konnte.

Die kleine Lucija war vier Jahre alt, als der Zweite Weltkrieg ausbrach. Ihre Schwester Ljubica war zwei. Sie versteckten sich im Keller, warteten. Man hatte gewarnt, dass die Italiener sie bombardieren würden. Sie wechselten sich an einem Loch in der Wand ab, durch das man auf die Straße sehen konnte. Stipe saß in der Ecke, niedergeschlagen, gescheitert. Er konnte diesen Bruch vom Lied zum Donnern der Angst, zum Schrei in der Erwartung des Schlimmsten nicht akzeptieren. Ekaterini zitterte und hielt Ljubica fest im Arm. Sie rief Lucija, sie solle sich neben sie setzen, doch vergeblich. Das Mädchen wollte die Straße beobachten, um abzuschätzen, ob sie nicht doch noch schnell die Bonbons holen könnte, die sie so gerne haben wollte, bevor jemand gerufen hatte: »Schnell, alle in den Keller!« Und schließlich fasste sie sich ein

Herz, rannte hinaus und ließ den Schrei ihrer Mutter und den noch flehenderen Blick ihres Vaters zurück. Sie rannte in den Laden, das Geldstück fest in der Hand, schaffte es, den Verkäufer zu überreden, nicht zu fliehen, bevor er ihr die Bonbons gegeben hatte, sie schaffte es, wieder auf die Straße zu rennen. Schnell öffnete sie die Papiertüte und steckte sich ein Bonbon in den Mund. Da ging es los.

Lucija blieb für immer in Erinnerung, wie sie die Beine in die Hand nahm. Sie schwor, dass sie, falls sie noch einmal solche Sirenen hören sollte, sich lieber umbringen würde, als diesen Ton zu ertragen. Sie erinnert sich, dass sie damals als Kind sagte: »Ich bring mich um.« Auch Ljubica änderte nichts an dieser Geschichte, sie wiederholte, was sie später von Mutter und Schwester erzählt bekam. Ekaterini dachte: »Schon wieder? Werden wir dieses Mal davonkommen?« Und Stipe, in sich versunken, hatte nur eines im Sinn – er musste in sein Land zurück, das sich jetzt im Krieg befand. Er musste! Egal wie und egal was ihn dort erwartete. Dort, in seinem Land, das mit jeder weiteren Detonation mehr das seine wurde.

Auf Ziegenpfaden vom nackten Fels in einen Garten mit Orangenbäumen

Müßiger Leser, wie Cervantes sagen würde, wenn du auf unserer gemeinsamen Reise durch die Worte nun schon hier angekommen bist, dann höre jetzt auch diese, auf dass du die Wegweiser und Abkürzungen leichter erkennst, dank derer du dich dann, wenn die Worte enden, noch sicherer durch die Geschichte bewegen wirst, allein, versteht sich.

Also, vor hundert Jahren wurde ein Junge namens Dušan in einem Steinhaus geboren, das auch heute noch von nacktem Karst umgeben ist; nur hier und da steht ein Rebstock. Das Dorf Gluhi Do, was so viel wie »Verlassenes Tal« bedeutet, befindet sich bei Virpazar, und das wiederum liegt direkt am Skadarsee. Das ganze Gebiet ist aus einem Brocken, Fluss und Stein fest verbunden, auch durch die Geschichte vom Wein, über den es sogar in Amerika heißt, es gebe keinen besseren als diesen, den dieses Wasser und diese uralten Kalkablagerungen gemeinsam erzeugen. Die Armut ist ein nicht wegzudenkender Bestandteil dieser Landschaft. Wenn die Frauen keinen Karpfen fangen – und sie fahren manchmal den ganzen Tag in ihren Kähnen und unterhalten sich übers Wasser rufend mit den Nachbarinnen –, dann gibt es nichts zu essen. Vielleicht morgen wieder. Der Karpfen ist träge. So sehr, dass er manchmal auf den Grund sinkt und einschläft. Er träumt nicht, dass er diesen Tag überlebt hat, er träumt gar nichts, er lebt, solange ihn der Schlamm schützt. Oben holen die Frauen am späten Nachmittag die Netze ein. Die Kinder tragen das Wasser von der

Quelle nach Hause. Sie schleppen den vollen Tag Eimer. Manchmal treffen sie Herrn Mikan, der ihnen einen Apfel gibt. Sein Bruder schickt ihm Geld aus Amerika. Man sagt, Mikan könnte die ganze Welt kaufen. »Das muss wohl stimmen«, denkt der Junge, »wo er doch immer einen Apfel dabei hat.«

Tagsüber ist der Weg verwaist. Nur Kinder mit Eimern sind unterwegs, manchmal kommt Mikan oder eine Schlange vorbei. So war es zumindest immer. Und dann, plötzlich, nichts mehr. Alles blieb stehen. Die Kinder mit den Eimern hatten noch nie eine Unterbrechung des Bestehenden erfahren. Sie wunderten sich ein wenig, erwarteten jeden Tag, wieder jemanden anzutreffen. Mikan oder eine Schlange. Lange tat sich nichts.

Dann hörte Dušan ein Wehklagen. Es war weit entfernt, aber er wusste, dass es aus seinem Haus kam. Seine Last war schwer, aber was auch immer los war, er konnte nicht schneller laufen. Mit dem Fuß stieß er das Gartentürchen auf, stellte das Wasser vor dem Haus ab. Frauen mit schwarzen Kopftüchern jammerten monoton: »Du Armer, du Unglücklicher, warum hast du uns verlassen, du Märtyrer, warum hinterlässt du so viel Leid?« Er hörte den Namen seines Vaters. Er vergaß die Eimer, rannte in den Stall, um sich auszuweinen, solange ihn niemand sah. Als er das Haus betrat, war er ein Mann – die einzige männliche Person. Die Frauen, die ihm am Morgen noch übers Haar gestrichen oder ihn als kleinen Teufel, der sie mit Maulbeeren bewerfe, beschimpft hatten, küssten ihm jetzt die Hand. Er fühlte sich, als habe er diese Gewässer für immer hinter sich gelassen und eine andere Welt betreten. Eine Welt der schnelleren Bilder.

Sein Vater lag da mit gekreuzten Armen. Der Friedhof befand sich oberhalb des Dorfes. Er sah Rauch. Dann hörte er das Wehklagen aus allen Häusern. Nicht nur das der Frauen, alle klagten, wiederholten nur ein Wort – Krieg. Die Mutter starb in der Stille des Hauses. Das Netz, noch nass, blieb an seinem Platz auf der Veranda hängen. Für das Netz war es ein Tag wie jeder andere auch. Der Kahn schlief am Ufer wie ein träger oder schon toter Karpfen. Im Kahn einer Verstorbenen soll man nicht fahren. Meide das Unglück, wenn du kannst, denn du wirst es im Leben schwer erkennen. Meist erkennt es uns, und glücklich ist der, den es übersieht, das mächtige, immer wache und alles sehende Böse. Er stand am Ufer, betrachtete zum letzten Mal die grünen Inseln im dunklen Wasser, hörte das Rufen der Frauen. In Gedanken stützte er sich auf den Kahn. Er hatte nie darin gesessen, war nie damit gefahren, aber der Kahn prägte sich die Berührung ein. Nichts passierte, der Tod ist still. Ein Karpfen mehr, aus hundertjähriger Nachkommenschaft, schwimmt auch heute im See.

* * *

Fortan musste Dušan für seine beiden Schwestern sorgen. Seinem klugen Männerkopf leuchtete ein, dass es besser war, in der kleinen Post von Virpazar den Besen zu schwingen, besser das Geschrei und die Ohrfeigen des Tag und Nacht betrunkenen Postbeamten zu ertragen, als im Steinbruch zu arbeiten oder – noch schlimmer – in den Krieg zu ziehen, wie es die angeblich männliche Tradition befahl, wobei er sich fragte, was die überhaupt wussten, wo sie doch nie aus diesem Karst herausgekommen waren. Er fegte den lieben langen Tag die Amtsstube und legte den Besen nur weg, wenn er dem Chef eine Flasche Tresterschnaps, einen Kanister Wein oder sonst irgendetwas im Laufschritt holen musste. Aber Dušan verlor keine Zeit, er erschlich sich seine Ausbildung, wie man so sagt, lernte im Verborgenen, weil man auch vom größten Trottel etwas lernen kann, wartete geduldig und bereit loszulegen, wenn der richtige Zeitpunkt käme.

Das Dorf verstummte wie damals, als der Krieg ausbrach. Dušan war Postdirektor in Bar geworden. Der dritte Mann im Ort, nach dem Bürgermeister und dem Richter. In sein Dorf ging er nicht mehr, aber ganz Gluhi Do sprach davon. Er brauchte nicht lange, um seine Rolle im alltäglichen Theater dieser damals schon berühmten Hafenstadt an der Adria zu begreifen und anzunehmen, in dieser Stadt, wo der Geschichte nach Muslime, Katholiken und Orthodoxe in Eintracht zusammenlebten. Wichtig war, dass man jedem zu seinem Feiertag gratulierte und auf der Straße mindestens drei Begrüßungsprotokolle beachtete. Dušan lernte, wem er sich unterordnen musste, wem er entschieden und unnachgiebig entgegenzutreten hatte und wen er links liegen lassen musste. Er lieh dem Lehrer und dem Doktor Geld, nicht weil er sicher war, dass sie es ihm zurückzahlen würden – im Gegensatz zu manchen Händlern, Kaffeehauswirten, Offizieren, die in allen Häfen zockten –, sondern weil es sich so gehörte. Man musste die Hierarchie kennen, wissen, wer zu wem in welcher Beziehung stand; all das musste man in Erfahrung bringen, egal wie viele Häuser ein Ort hatte, die mit Gerüchten versorgt sein wollten. Die Stadt unterschied sich in dieser Hinsicht überhaupt nicht vom kleinsten Kaff. Wurde auch nur ein Stein verschoben, begann sie schon zu wackeln.

Dušan heiratete ein fünfzehn Jahre jüngeres Mädchen, in dessen schwarze Locken er sich verliebt hatte. Diese verführerische Schattierung dunkler Farbe, die die Launen der Sonne nicht verändern, egal ob sie strahlt oder sich hinter einer aufziehenden Wolke verbirgt wie ein Karpfen, der abtaucht, erinnerte ihn an das Haar seiner Mutter und den Körper ihres Kahns. Er liebte Stanica, sobald er sie erblickt hatte; vermutlich geschieht es so auch in den kompliziertesten Liebesgeschichten. Sie bekam fünf Kinder, von welchen drei Söhne und ein Mädchen überlebten. In ihrem Leben hätten ihr immer Russen geholfen, pflegte Stanica zu sagen, ein russischer Arzt habe sie sogar auf die Welt gebracht. Die Söhne kamen, wie es sich gehörte, nur zum Essen nach Hause. Die Tochter hörte das Wort »Russen« und bewunderte seinen Klang. Stanica wurde vom Mädchen zur Frau, als sie zu befehlen begann. Die Händler kamen zu ihr ins Haus, sie kaufte mehr Kleider und Schuhe, als sie auftragen konnte. Sie hatte ein Dienstmädchen, dann ein anderes und dann wieder ein anderes. An jedem fand sie etwas auszusetzen, und alle hatten es in ihren Augen auf ihren Dušan abgesehen. Viele Jahre später, als sie als alte Frau noch immer im selben Hauskittel in der Küche herumwerkelte und sich schließlich ganz außer Atem hinsetzte, machte sie ihrem Herzen Luft und erzählte dem Erstbesten, der vorbeikam: »Und dann habe ich die Dienstmädchen alle vor die Tür gesetzt! Mit einem Tritt in den Hintern, mit Lackschuhen!«

Sie wohnten in einem Haus, einer Villa eigentlich, mit einem Garten voller Zitronen- und Orangenbäume und einem Fischteich, den vor langer Zeit, niemand erinnerte sich, wann, irgendein Araber angelegt hatte. Unabhängig vom Wetter schwitzte Dušan das ganze Jahr hindurch, durchlebte ständig innerlich intensiv irgendwelche Jahreszeiten und andere Zeiten. Bis zu drei Mal täglich wechselte er seine Hemden, alle makellos gebügelt und so strahlend weiß, dass einem die Augen tränten. Genauso weiß waren auch die seidenen Hemden der Kinder. Die Lackschuhe erwähnten wir schon, sie waren obligatorisch. Die Jungen spielten in ihnen Fußball am Strand, im Kies und Sand, gingen mit ihnen zur Schule, in die Kirche, auf Besuch. Das Mädchen liebte es, auf das Dach des Schuppens zu klettern und von dort mit einem aufgespannten Regenschirm hinunterzuspringen. Sie genoss es, zu fliegen oder zu fallen, wer kann das schon beurteilen, aber sie achtete immer darauf, im Heu zu landen. Dušan war es gewöhnt, sich Sorgen zu machen, er schwitzte wegen des Gejammers damals, als alles still wurde, und auch wegen der Tatsache, dass Frauen, Kinder, das ganze Volk aufgescheucht wurden und man nicht wusste, wo und ob sie jemals wieder landen würden. Der Regenschirm der Tochter und die italienische Granate erforderten gleichermaßen drei frische Hemden täglich.

Der älteste Sohn Luka erinnert sich an die Gerüche und Farben. So ist er. An den Duft des Meeres, der Zitronen, Orangen, des Olivenöls, der Trauben und der Omeletts, die das Dienstmädchen Marija zum Frühstück machte. Er erinnert sich an die Farbe der See, wenn die Sonne aufging, wenn sie im Zenit stand, wenn sie unterging und versank, und an die Farbe der Nacht in allen Mondphasen. Er erinnert sich auch an Stimmen, er ist musikalisch. Vom Hören hat er sich die Namen seiner Freunde und der wichtigen Leute im Ort eingeprägt, die sie zu sechst – familiär – besuchten. Er war vorwitzig, ein Schelm. Er erinnert sich an den Namen des Lehrers, der ihm alles durchgehen ließ, weil er seinem Vater Geld schuldete. Und an den Geruch der heißen Brühe, mit der der deutsche Soldat übergossen wurde. Der Deutsche fuhr auf seinem Fahrrad über den Weg und transportierte einen Kessel Suppe auf dem Gepäckträger. Luka achtete nie darauf, wohin er ging, genauer gesagt rannte. Der Schnittpunkt der geraden Linie des Deutschen und von Lukas Sprung aus dem Gebüsch war zufällig. Der Feind fluchte und drohte. Luka verstand nichts – außer dass er fliehen musste. Keiner konnte ihn einholen. Er versteckte sich in einer Felsspalte am Strand. Seine Freunde fanden ihn schließlich und sagten ihm, er sei ein Held, der ganze Ort rede davon. Als Dušan das Gebäude der deutschen Kommandantur wieder verließ, war er in Schweiß gebadet.

Stanica erinnert sich an das Krachen der Bomben und das Knattern der Maschinengewehre. Auch wie sie »die Beine in die Hand nahm«, um sich zu verstecken. Ihr Bruder Branko war ein reicher Kaufmann. Er lebte in Dubrovnik, hatte aber mindestens noch eine Wohnung in Belgrad, eine in Zagreb und wer weiß wo noch. Er genoss sein Leben, gab sein Vermögen großzügig mit anderen zusammen aus, bemerkte vor lauter Vergnügen die unterschwelligen Anzeichen des Bösen nicht. Luka lernte Italienisch von den »Besatzern«. Dieses Wort benutzten die Älteren, die Kinder schnappten es nur auf. Aber sobald sie die Häuser und Gärten verlassen durften, eilten sie zu den »ragazzi«, ewig hungrig, angelockt vom Duft der gebratenen Eier und der Makkaronisoße. Sie bekamen etwas für zu Hause mit. »Schande!«, sagte Stanica. »Ihr nehmt Essen von den Besatzern an!« Dušan schwieg und grübelte den ganzen Krieg hindurch. Und alle aßen Makkaroni.

Branko schrieb seiner Schwester, sie sollten Bar schnellstens verlassen, und bot ihnen seine Wohnung in Belgrad, in der Višnjićeva-Straße, an. Stanica drängte hysterisch, man solle so schnell wie möglich fortgehen. Sie beschwor ihre Albträume herauf, drohte mit fürchterlichsten Ahnungen. Dušan schwieg weiter und dachte so viel nach, dass es ihm schien, als würde sein Kopf explodieren und alle Bomben dieses Krieges übertönen. Als »Vertrauensperson« konnte er, und musste es später sogar, Telefongespräche abhören. Man hatte ihm sozusagen die Post anvertraut. Anvertraut waren ihm aber auch die nahen Verwandten, die sich bei den Partisanen befanden. Niemand weiß, wie oft mein Großvater Dušan sie rettete, indem er sie vor diesem oder jenem Hinterhalt warnte. Bevor es das tat, dachte er sich jeweils eine Ausrede für den Ortskommandanten aus. Nach dem Krieg vergaßen ihn die Verwandten, und er blieb ein gewöhnlicher Mitarbeiter der Besatzer, aber das war wesentlich später. Jetzt, wo er seinen Kindern zuhörte, wie sie den Mund zu einem »ma bene!« verzogen, dachte er an eine ärztliche Bescheinigung, in der am besten »dringende Operation erweiterter Venen notwendig« stehen müsste. Nur so konnte er den Ort und seine todbringende wichtige Stellung verlassen und seine Familie nach Belgrad bringen. Wer weiß, woran er dachte, als sie ihn drei Mal vor das Erschießungskommando stellten. Davon erzählte er später so oft, dass wir alle flohen, wenn er mit »und als sie mich abholen kamen« begann. Trotzdem erinnern wir uns an einige Versionen. Das Einzige, was sie gemeinsam haben, ist die Tatsache, dass er schon nach der ersten Erschießung, die er überlebte, ergraut war.

Luka erinnert sich an einige Episoden ihrer Flucht, die einen Monat dauerte. Er war verzaubert, als er sah, wie eine Messerschmitt über den Zug flog und das Geschoss aus dem Maschinengewehr den Schienenstrang durchschnitt. Paff! Er bewunderte dieses Geräusch des schnellen Schnitts. Nach dem Krieg, als er einer der Gründer, ja eigentlich der Erbauer des Flughafens von Lisičji jarak, der beste Segelflugpilot und kurz darauf auch noch Fluglehrer wurde, sagte er, all das sei nichts im Vergleich zu der gewaltigen Messerschmitt. Die Bewunderung für dieses Bild der vom Geschoss durchtrennten Schiene trieb ihn zu mehreren Weltrekorden. Er konnte kein Ende finden, eilte immer weiter, mit dem Segelflieger, mit seinen Gedanken, Träumen, genauso schnell, wie er einst vor dem verbrühten Deutschen geflohen war. Er erinnert sich an die Fahrt mit dem Zug, dem Lastwagen, die langen Fußmärsche. Auch wie sie in einen Ort kamen, wo es aus einer Bäckerei nach frischem Brot duftete. Alle waren hungrig, aber niemand so wie Lukas jüngster Bruder, dieser ewige Nimmersatt. »Will Blot!«, schrie er, als er den Duft roch. Dušan kaufte jedem ein Brötchen. »Papa, Papa!«, brüllte der Kleine mit vollem Mund. »Sind wil jetzt nicht mehl alm?«

Luka erinnert sich an die Russen, die Befreier, ausgezehrt vom Kriegführen, in zerrissenen Hosen und mit einer Flasche in jeder Hand, ebenso wie an die Geschichte vom Gerangel um ein paar Fläschchen Kölnischwasser, an die zerschlagenen Gyroskope – die versoffenen Seiten der Welt. Er erinnert sich an den deutschen Maschinengewehrstand auf dem Dach der heutigen Mathematischen Fakultät. Außerdem an die Russen, die wie niedergemäht umfallen, während sie »Hurra!« brüllen und weiter angreifen, bis einer von ihnen durchkommt und mit einer Bombe den Feind im damals offiziell schon befreiten Belgrad endgültig zum Schweigen bringt.

Über unsere Erinnerungen könnte man viele Bücher schreiben. Manche tun das auch ganz eifrig. Ich möchte nur noch sagen, obwohl ich nicht weiß, warum das wichtig ist, dass Luka sich auch später, als er sich an den unglaublichen Gassenbubenstreichen der berühmten Jungs von Dorćol beteiligte, an den Duft des Meeres, der Zitronen und Orangen nicht nur erinnerte, sondern ihn nebst einer chronischen Nasennebenhöhlenentzündung sein ganzes Leben lang in seiner imposanten Nase trug. Sein Lebensweg bekritzelte die Weltkarte kreuz und quer, und der Geruch, entstanden aus einer Mischung aller Blautöne und der Früchte, begleitete ihn überallhin. Nur dieser Geruch, sonst keiner. Der des Schwarzpulvers verflüchtigte sich ebenso wie der des Kaviars beim Empfang des Präsidenten Tito, der sich vorgenommen hatte, die Musiker gleichermaßen zu bewirten wie seine übrigen geschätzten Geladenen. Wie das ganze Land, so sang auch mein Vater für Tito. Mit dem Unterschied, dass in seinem Chor professionell gesungen wurde, während die anderen sangen und Reigen tanzten, wie es ihnen gerade gefiel. Ich spreche natürlich von jenen, die den Geruch des Schwarzpulvers überlebt hatten und heil aus den Kasematten des Präsidenten herausgekommen waren. Aber auch damals und auch als er in der Save oder Donau tauchte, als er um die Welt reiste, sich verliebte, litt, sich freute, solide entlohnt wurde oder seine Kleider auf dem Flohmarkt verkaufen musste, um zu überleben, immer flog er und spürte diesen einzigartigen Geruch – den Lufthauch der Kindheit im Garten am Meer.

Warum seid ihr gekommen?

Hier beginnen die Karpaten. Es ist ein endloser Ort, weil er sich ausdehnt, so weit wie die Weinberge reichen. Angeblich waren sie schon immer da und werden auch nach allen Kriegen noch immer da sein. Ihre Form ist nicht greifbar – jeder Weinberg endet oder beginnt dort, wo der Blick ermüdet und der Himmel die letzte Rebenreihe übernimmt. Die Alten erkennen dieses Himmelblau in den Trauben, die sich während der Ernte mit den anderen vermischen, in den Beeren »vom Ende der Welt«, wie sie früher genannt wurden, als noch die Hausherren über jeden Tagelöhner, jeden Korb, jede Beere wachten. Und auch heute noch sagen die Hausherren, wenn sie ihre Besitztümer zeigen: »Land, Besitz, das ist alles schön und gut, aber vergiss es! Schau dir diesen Himmel an!« Beim Blick in den Himmel schrieb der Dichter: *Es heißt, er musste sterben. Die Sterne waren ihm näher als die Menschen.*

Mein Großvater Stipe wurde dienstlich nach Vršac versetzt. Auch in diesem Gebiet vermischten sich die Sprachen, sodass Ekaterini nach der langen Reise für einen Moment meinte, sie sei wie durch ein Wunder wieder nach Hause gekommen. Das Wunder endete, sobald sie anfing Serbisch zu lernen. Schließlich musste sie diese Sprache irgendwie beherrschen, und sei es auch nur wegen des Kochens. »Patas Kochbuch« war ihre erste Fibel. Die Burda-Hefte würden sehr viel später kommen. Stipe schleppte nur Lebensmittel an, säckeweise wie schon damals in Thessaloniki. Seinen Großeinkäufen war es zu verdanken, dass dort einige Familien – die engsten Verwandten meiner Großmutter – die vier Kriegsjahre überlebten. Später würden sie während eines anderen historischen Umbruchs auch Lucija und ihre Familie retten. So etwas vergisst man nicht. Aber freigiebige Menschen geben nicht, um etwas zurückzubekommen. Nicht die wirklich Großzügigen. Sie sind einfach so, unverbesserlich, sie sind wie schwache Menschen, Bösewichte, kleine Diebe und große Räuber. Für sie ist das, wie man heute sagen würde, normal. Früher sagte man, es gehöre sich so. Die Zeiten ändern sich, Moral wird immer weniger gebraucht, etwas anderes taucht auf, so wie es heute Mode ist, die persönliche Psychoanalyse mit Elementen der Kriminalistik zu kombinieren. »Er ist verrückt! Er ist ein Dieb!«, sagen die Nachkommen der Braven oder Unmenschlichen. Das Essen hingegen hat sich nicht sehr geändert. Hausfrauen benutzen auch weiterhin »Patas Kochbuch«, und es gibt keine Generation, die nicht für Lebensmittel Schlange stand. Eine reiche Tafel ist Teil der Tradition, der Hunger – Schicksal.

Aufgewachsen in den Felsen, kaufte Stipe von seinem ersten Tag im Dienst an bis zu seinem Lebensende Lebensmittel nur säckeweise ein. Dieser gottergebene Mensch hasste nichts und niemanden, außer den Hunger.

»Warum das jetzt, liebe Gott?! Bist verrückt, du? Ja, wer koche so viele Essen?«

»Komm, komm, Frau« – Stipe sah stolz zu, wie ein Bursche, weiß von Mehl, Säcke aus der überladenen Kutsche in das kleine zur Abstellkammer ernannte Zimmer trug. »Ich werde dir helfen, jammere nicht.«

»Aber wie viel Mensch kommt? Das alles für diese Fest?«

»Wer kommt, der kommt, Frau. Jeder, der zum Fest kommt, ist uns willkommen. Und er soll satt werden und nicht durstig bleiben!«

Wenn sie die Vorbereitungen für das Nikolausfest überlebte, so schien es Ekaterini, hätte sie sich auch selbst das Recht auf den Status einer Heiligen erworben. Dieser Mann ist nicht normal, grummelte sie auf Griechisch. Es ist Krieg, und er schleppt so viel zu essen und zu trinken an, Gäste, Leute. Und wer soll das alles zubereiten? Warum müssen die Leute so viel essen? Habe ich eigentlich geheiratet, nur um zu kochen?

Die Kuchen lagen in den Schränken auf Tischdecken aus Zellophan, die im Luftzug raschelten. Die Tische standen voll mit Vorspeisenplatten, Gläsern und Flaschen mit hausgemachtem Schnaps und Wein. Alles, worauf man sitzen konnte, wurde ins Gästezimmer gebracht, nach und nach, bis auch die letzten Gäste angekommen waren, geladen und ungeladen, aber willkommen. Am nächsten Tag wiederholte sich das ganze Szenario. Drei Tage dauerte das Fest.

Pate Božović war auch diesmal zugegen. Er reiste aus Belgrad an, wo er ein wunderschönes Haus im Stadtbezirk Voždovac gekauft hatte, in dessen Ausstattung er sein ganzes sehr geschickt in Thessaloniki erworbenes Vermögen steckte. Dann ließ er seine Frau und seine neugeborene Tochter kommen. Zu diesem Fest reisten sie herausgeputzt an, die »Gäste aus Belgrad«, als die sie auch angekündigt worden waren. Mit gespieltem Mitgefühl bot der Pate Ekaterini, die angesichts der unbekannten Menschen ganz verschreckt war, verschmitzt seine Hilfe an. Konzentriert hörte sie ihm zu: »Meine Liebe, wenn du den Getreidebrei servierst, gehst du schön mit dem Tablett auf jeden zu und sagst: Bitte schön, warum sind Sie hier?«

Nachdem er sie so unterwiesen hatte, platzierte er sich am Ende der Runde, die sie mit dem Tablett ablaufen musste. Alle Blicke waren auf ihn gerichtet, nicht nur weil man ahnte, dass er wie so oft etwas ausgeheckt hatte – lebenslustig und immer zu Scherzen bereit, wie er zum Teufel noch mal war –, sondern allein schon deshalb, weil der Pate wirklich etwas darstellte. Er versprühte jene unwiderstehliche Energie, die Dinge bewegt und verändert. Kühn, pfiffig, geschickt, nicht vollkommen, aber einer von denen, die man als groß bezeichnet. »Ach, dieser Božović«, sagte man, »der hat es leicht, Gott hat ihm Verstand und Schönheit mitgegeben!« Er war ein schöner Mann, einnehmend nicht nur durch seinen Charme und seine Geschäftstüchtigkeit, sondern auch durch seine Menschlichkeit. Dabei half er nicht allen, im Gegenteil, Philanthropie war für ihn eine nichtswürdige Schwäche. Aber umso mehr war er bereit, alles für jene zu geben, die ihm der Mühe wert schienen. Der selektive Wohltäter, an den man sich auch wegen seiner schönsten Anzüge erinnerte, die ihm sehr wichtig waren, reihte sich nach dem Krieg in die kleine Spitze der neuen Machthaber ein. Jetzt aber konnte er kaum sein Lachen unterdrücken, während er die entsetzten Gesichter der Gäste beobachtete. Die einen wussten nicht, was sie von Ekaterinis Frage zu halten hätten, ob das ein schlechter Scherz war, wie sie reagieren sollten. Die anderen begriffen, dass die Ausländerin einen Fehler gemacht hatte, und verharrten zwiegespalten, ob sie sie verbessern sollten oder nicht. Doch das Tablett bewegte sich ziemlich schnell – schneller, als jemand sich entschließen konnte, überhaupt etwas zu sagen. Großvater Stipe lachte schallend: »Ach Pate, Pate!« Auf sein Zwerchfell hatte Pate Božović es abgesehen. Es waren viele Gäste da, zu viele. Der Pate konnte vor Lachen kaum mehr an sich halten.

»Bitte schön, Pate Božović, warum sind Sie hier?«

Der Pate machte eine theatralische Pause, und anstatt zu Löffel und Getreidebrei zu greifen, verharrte er und sah Ekaterini mit überzeugend vorwurfsvollem Blick an. Er hob die Augenbrauen, wandte den Kopf zur Tür, als wäre er bereit, augenblicklich nach Hause zurückzukehren, und seufzte: »Nun, ehrlich gesagt, meine Liebe, ich weiß auch nicht, warum ich gekommen bin. Aber wenn ich störe, ist es vielleicht besser, wieder zurückzukehren. Ich geh nach Belgrad! Frau, los, steh auf!«

Der Pate ging. Das Zimmer bebte vor Lachen. Stipes schallendes Gelächter übertönte die anderen und dröhnte in Ekaterinis Kopf, als befände sie sich sonntags in der riesigen Kuppel der Kirche von Vršac. Verschreckt, beschämt, verärgert rannte sie in die Küche, knallte das Tablett auf den Tisch und fing an zu weinen, ließ endlich allen angestauten Tränen Lauf. Sie schluchzte, und auf den Tisch floss der ganze unterdrückte Kummer wegen dieses Krieges, dieses unansehnlichen Ortes, deswegen, weil sie die Großstadt mit einem der schönsten Märkte der Welt und Geschäften, die mit denen in Paris vergleichbar waren, verlassen musste, wegen ihrer Familie, die sie erst wer weiß wann wiedersehen würde, wegen der Brüder und Schwestern, wegen dieser verdammten Sprache, des vielen Essens und des schmutzigen Geschirrs, das unaufhörlich in die Küche gebracht wurde. »Liebe Mutter«, klagte sie, »mein Mütterchen, warum bist du so weit weg, was soll ich nur ohne dich machen?!«

Diese Tragikomödie konnte nur derjenige beenden, der sie auch angestiftet hatte. Trotz des Scherzes empfand sie eine Nähe zum Paten wie die zur Paralia, wo sie zu dritt, Ekaterini, Božović und Stipe, zum ersten Mal zusammen spazieren gegangen waren. Ihr Gespräch war nur wenig länger als ein Satz: »Meine Liebe, beruhige dich, es muss so sein.« Die Wirkung von Worten ist unerklärlich, insbesondere von manchen, die im Einklang stehen mit dem Augenblick und der Person, deren Erscheinung, auch wenn sie nur einige Minuten dauert, das grundlegende menschliche Bedürfnis nach einer prophetischen Stimme stillt.

Bald darauf erschien Ekaterini im Gästezimmer, als wäre sie neugeboren. Der Pate schlenderte stolz hinterher mit seinem Lieblingsgesichtsausdruck – dem eines Menschen, der die Dinge zurechtrückt. Stipe wunderte sich und schrieb dieses Mysterium den Stimmungsschwankungen des weiblichen Gemüts zu. Ekaterini war vom tiefsten Grund der Verzweiflung aufgestanden und legte sicheren Schrittes den Weg von der Küche zum Gästezimmer zurück, aufgerichtet durch den Entschluss, den sie soeben gefasst hatte: Sie lebte hier und würde hier leben, egal wie sie sich fühlte. Solche Situationen würde es weiterhin geben, aber nun hatte sie zum ersten Mal selbst beschlossen zu leben. Dies war *ihr* Fest.

* * *

Stadtkinder freuen sich auf das Leben auf dem Land. In diesem Jahr, gleich nach dem Fest, wurde Großvater wieder versetzt, und die Familie siedelte sich in Petrovac an der Mlava an. Im Garten wuchsen keine thessalonischen

Magnolien. Dort pickten Hühner, lungerten Katzen herum, und es gab ein Ferkel, das Stipe für Weihnachten gekauft hatte, also wieder für irgendein Festessen, während die Kinder es als Haustier betrachteten. Als es gebracht wurde, hatte es eine rote Schleife mit einem Glöckchen um den Hals. Stipe liebte das Lachen; seit Božović ihm dessen wunderbare Kraft enthüllt hatte, ließ er keine Gelegenheit aus, es sich und anderen zukommen zu lassen. Er sah zu, wie die kleine Lucija das Ferkel an einem Strick durchs Dorf spazieren führte, und lachte jedes Mal, als würde er sie zum ersten Mal sehen. Ekaterini versank in noch tiefere Verzweiflung. »Das ist der Untergang!«, dachte sie in den kurzen Pausen von der Hausarbeit, wenn sie überhaupt zum Nachdenken kam. Egal wie reich man war, auf dem Dorf musste man arbeiten. Jeder Tag war bis zum Abend mit Arbeit ausgefüllt. Nicht nur, dass sie die Arbeiten erledigen musste, sie musste sie auch erlernen – und auch lernen, einige listig zu vermeiden. Einmal gab sie einer Zigeunerin eine Bernsteinkette, damit sie an ihrer Stelle ein Huhn schlachtete. Als sie dann selbst das Schlachten beherrschte, tat es ihr leid um die Kette. Als sie begriffen hatte, dass es im Leben nichts gab, was man nicht lernen konnte, wenn man es musste, und dass der Mensch irgendwann zu dieser Erkenntnis kommt, war sie wütend, dass sie nicht früher aufgewacht war.

Die Mlava war klein, galt aber als gefährlich, voller versteckter Strudel und wunderschön. Als hätte er, der Fluss, die idyllischen Szenen entlang beider Ufer gesät und gepflegt. Alles hatte sich um ihn herum angesammelt, das schönste Gras, etliche Vogelarten, die Nester in den fast liebevoll über den Fluss gebeugten Bäumen bauten. Die

Menschen kamen wie Pilger an die Mlava, wenn nicht, um zu schwimmen, dann wenigstens, um ihn anzusehen oder die Füße darin zu baden und zu plaudern. Hier veränderte sich ihr Wesen, und sie wurden auf einmal vertraulich, ehrlich, voller guter Absichten, obwohl manche von ihnen außerhalb der Reichweite des Flusses ihren Vater umgebracht, ihre Tochter vergewaltigt, ihre junge Schwiegertochter verwünscht, betrogen oder gestohlen hatten. Klar wie Quellwasser kühlte die Mlava mit ihren Stromschnellen angenehm die Füße und besänftigte die Gemüter. Dort, wo sie ruhiger floss, lebten alle fünf Froscharten, die es in Serbien gab, auf dem Grund laichte der Karpfen, berühmt dafür, dass er größere Flüsse für diesen Schlamm verlassen hatte. Die Zier der Schmetterlinge bestätigte die These, dass die Natur der größte Künstler sei.

Lucija erinnert sich an die Familienausflüge ans Ufer der Mlava, an die Weide, die sich an einer Stelle bis zum anderen Ufer hinüberneigte, an das Klettern auf den Baum, eine Leidenschaft, die sie, auch als sie viel älter war, beibehielt, an das Planschen im Wasser, bis die Mama schimpfte: »Raus! Du bist ja schon ganz blau!«

Jeder streift irgendwann im Leben das Bild des Paradieses ab, zuerst das konkrete Bild, das er erlebt und dann in der Erinnerung vervollständigt hat. Die Sehnsucht nach Idylle liegt in der menschlichen Natur. Lucija erinnerte sich oft an die Mlava, damals, wenn sie vom Obergeschoß des Zweiten Mädchengymnasiums auf die Dächer Belgrads schaute, um sich für die Hausaufgabe in Kunst inspirieren zu lassen, in der Menopause, als sie auf Anraten des Arztes Wiehler-Gobelins stickte, und auch 1999 während der

Bombardierung Belgrads, scheinbar ohne besonderen Anlass. Nicht der Fluss, sondern dieses Bild des Glücks mit dem Fluss blieb ihr ganzes Leben lang ihr Zufluchtsort.

Lucija bewunderte ihren Vater. Er war für sie allmächtig, zärtlich, er setzte sie manchmal auf sein Knie und sang ihr Liedchen vor, lehrte sie lesen und schreiben. Sie erinnert sich an die Truhe, die ihr Vater im Zuge eines seiner Großeinkäufe einmal ins Haus brachte. Er stellte sie im Kinderzimmer ab, rief Lucija und Ljubica und beobachtete gespannt wie ein Mensch, für den es kein größeres Glück gibt, als andere glücklich zu machen, ihr Entsetzen, als er den Deckel anhob. Die Truhe war bis oben hin voll mit Schreibartikeln. Die Mädchen verstummten vor Verwunderung. Zum ersten Mal sahen sie solche Gegenstände. Sie standen wie gebannt vor den Heften, Radiergummis, Bleistiften, Linealen oder eher vor der Menge dieser Dinge, mit der sie von da an bis in die Gymnasialzeit eingedeckt waren.

»Du verwöhnst sie zu sehr. Du wirst die Kinder noch verderben«, predigte Ekaterini.

Im Unterschied zu Stipe, der kaum Erinnerungen an seine Mutter Lucija hatte, erinnerte sich Ekaterini gut an Marijas »gesunde Härte«. Kinder musste man spartanisch erziehen, basta. Und darüber stritten Stipe und Ekaterini zum ersten und vermutlich auch zum letzten Mal. Lucija hatte einmal ein Törtchen von einer Platte stibitzt, die ihre Mutter unter heftigem Gejammer und Gestöhne, dass sie im Leben so viel Essen zubereiten müsse, mit großem Aufwand für eine der Versammlungen der immer zahlreicheren Freunde angerichtet hatte. Mit dem Kochlöffel lief Ekaterini hinter ihrer Tochter her. Doch Lucija war schneller und entwischte ihr. Deshalb schlug Ekaterini »vorsorglich« Ljubica, die, als sie den Lärm hörte, aus dem Garten angerannt kam und mitten im Flur stehen blieb. Weinend liefen die Kinder zum Vater, der sie beschützend in die Arme nahm, mit seiner sanften Stimme beruhigte und zwischen seinen Knien versteckte. Da stürzte Ekaterini herbei, fuchtelte mit dem Kochlöffel herum und schlug aus Versehen ihren Mann. »Bist du verrückt geworden, Weib?! Willst du mich schlagen?!« Meine Mutter Lucija erinnert sich an diese Geschichte genauso lebhaft wie an die Idylle am Fluss. Sie liebte ihre Mutter, kam ihr mit der Zeit immer näher und pflegte sie bis zum letzten Atemzug, den Ekaterini in ihren Armen tat. Doch so aufopfernd Lucija auch war, sie war und blieb immer rebellisch. Diese beiden Kräfte stritten dauernd in ihrem Kopf, ihr ganzes Leben lang, das einen fruchtbaren Nährboden dafür bot – ein Schlachtfeld, geschützt vor jedwedem Frieden.

* * *

Die Geschichte erzählt, dass Großvater Stipe einen Verwundeten gerettet, ihn durch ein Fenster ins Haus gezogen habe, vor dem der Unglückliche blutüberströmt zusammengesunken war; er habe ihn verbunden und im Keller versteckt. Der Mann, der dank meines Großvaters weiterlebte, war ein Soldat, aber auf die Frage, welcher Armee er angehörte, vervielfältigt sich die Geschichte in unterschiedliche Versionen. Man weiß, dass er Serbe war, aber ob Partisane oder Četnik, bleibt ein Geheimnis. Großvater war Patriot, dies war die einzige Überzeugung, die er hatte, von der er genau wusste, was sie bedeutete, und darin stimmten auch alle Geschichten überein. Er liebte Jugoslawien und hasste die Besatzer. Lucija kann sich nicht erinnern, dass er jemals das Wort Held ausgesprochen hätte. »Dieser Mann braucht Hilfe«, sagte er und legte ihn ins Ehebett. Von dieser seiner Meinung nach vollkommen menschlichen Handlung weiß kaum jemand. Er bekam dafür kein Denkmal, keine Kriegsrente, und kein einziger Satz in der Geschichtsschreibung würdigt sie. Die präzisen Archive, von denen erzählt wird und in denen man angeblich jeden Namen, jede Verwundung, jeden Tod festgehalten hat, sind, wenn es sie denn gibt, für uns Normalsterbliche unzugänglich.

Wir werden nie erfahren, wen mein Großvater eigentlich gerettet hat. Aber genau darum verbreitete sich im Ort schnell die Nachricht davon, präzise, wie nur ein Moment der Wahrheit es kann. Wegen dieses Moments wurde Großvater versetzt, offiziell »aus dienstlichen Gründen«. Das war geschickt eingefädelt, um jemanden auf eine Art zu töten, ohne dass jemand anders als der Zufall des Mordes bezichtigt werden konnte. Stipe musste den Weg zu seiner neuen Stelle jeden Tag zu Fuß gehen, hin und zurück, bei jedem Wetter. Mit seiner hünenhaften Gestalt schwitzte er, fing an zu husten. Der Husten wurde bald chronisch. Eines Tages, irgendwann mitten im Krieg, kehrte er verschwitzt und durstig in eine Wirtschaft ein und trank einen Krug kaltes Bier. Am nächsten Tag legte er sich ins Bett, statt zur Arbeit zu gehen. Man brachte ihn ins Krankenhaus. Ekaterini empfand die Besuche bei ihrem Mann, der an Tuberkulose erkrankt war und im Krankenhaus von Pančevo lag, als Arbeitsdienst; vielleicht war es für sie leichter, es auf diese Weise zu begreifen, oder vielleicht empfand sie es wirklich so. Schweigend bereitete sie Essen zu, packte den Henkelmann in die Tasche, zog Gummistiefel an, ging durch den Schlamm zum Bahnhof und kam am Abend schweigend zurück. Die Kinder erwarteten sie sehnsüchtig mit der Frage, wie es dem Vater gehe. »Gott wird es richten«, antwortete sie nur.

Meine Mutter Lucija träumte an einem dieser Nachmittage, das Ofenrohr habe sich aus seiner Befestigung gelöst und der Ruß sei ihrem Vater direkt auf die rechte Schulter gefallen. Sie erwachte mit einem Schrei: »Papa ist gestorben!« Ekaterini beruhigte sie: »Was erzählst du da? Das ist nur ein Traum.« Aber sie zog sich sofort an und ging ins Krankenhaus. Trotz des Schrecks hatte Lucija beim Aufwachen auf die Uhr gesehen. Es war ungefähr fünf Uhr gewesen. Das Krankenhaus war überfüllt mit Schwerkranken. Als Ekaterini gegen zehn Uhr abends ankam, sprach ihr der Arzt kurz sein Beileid aus und gab – zum wer weiß wievielten Mal in seinem Leben – die Anweisungen, was mit dem Körper des Verstorbenen zu tun sei. »Um wie viel Uhr ist es geschehen?«, fragte Ekaterini. »Ich weiß nicht genau«, antwortete der Arzt, »ich meine gegen fünf.« Keinen ganzen Monat später traf im Krankenhaus von Pančevo von irgendwo weither Penicillin ein.

Mein Großvater Stipe hatte seine Uhren geliebt. Er zog sie jeden Morgen auf und genoss dieses Ritual des langsamen Aufwachens und allmählichen Tagesbeginns. An der Wand im Wohnzimmer hing eine erstaunlich schöne Uhr, in einem abgenutzten, aber dennoch bewundernswerten Gehäuse, in Thessaloniki hergestellt von der Hand eines Uhrmachers, der zweifelsohne ein Künstler gewesen war.

Die Uhr war schon lange stehen geblieben, und in dieser Hinsicht war ihr nicht mehr zu helfen. Aber Stipe nahm sie überall mit, wohin auch immer ihn der Dienst führte, und gab ihr einen besonderen Platz in jedem Haus, in das sie wegen seiner Versetzungen einzogen.

In jener Nacht, als Ekaterini aus dem Krankenhaus von Pančevo mit vollem, unberührtem, noch nicht aus dem Zeitungspapier ausgepacktem Henkelmann zurückkam, war es still im Haus. Die Kinder fragten nicht. Sie wussten es. Ekaterini, Lucija und Ljubica fühlten sich einander nie wieder so nahe wie in dieser Nacht, in der sie kein Wort sprachen. Und jede von ihnen wollte allein sein. Ekaterini saß in der Küche und weinte leise, in der Hoffnung, die Kinder nicht noch mehr zu verstören. Ljubica kroch sofort ins Bett, blieb liegen und starrte bis zum nächsten Mittag an die Decke. Die Zeit blieb stehen. Lucija saß still in Vaters Sessel im Wohnzimmer. Die Stille war quälend. Aber in der unerbittlichen Sprachlosigkeit dieser Nacht war auf einmal die Uhr zu vernehmen wie ein Verräter oder treuloser Freund. Niemand hatte sie aufgezogen. Lucija sah zu ihr hinüber und lächelte. Das Ticken beruhigte sie fast genau so wie Vaters Stimme. Zunächst dachte sie, ihr Vater würde sich auf diese Art an sie wenden und hätte auch diesmal einen Weg gefunden, sie zu beruhigen. Später war es ihr egal, sie liebte dieses Geräusch, ohne in ihm irgendeine Bedeutung oder Botschaft zu erkennen. Die Uhr tickte so lange, bis auch sie für ein Kilo Mehl verkauft wurde. Maismehl, versteht sich.

Der Schritt

Was gibt uns Rückhalt? »Der Boden unter den Füßen?«, wie man in dieser Sprache sagt, obwohl es Menschen gibt, die sich in der Luft sicherer fühlen, einige sogar auf dem offenen Meer. Eine solide Grundlage? Ein vertrauter Hintergrund? Ein Zufluchtsort oder eine Rückzugsmöglichkeit?

Gibt es Befestigungen, die für alle Menschen, Charaktere, Kulturen, Jahreszeiten gelten, etwas, das uns Beständigkeit garantiert? Oder ist das etwas Individuelles – ein Wort, das heute von allen verstanden wird, so wie einst das Gemisch von Sprachen und Dialekten in Thessaloniki oder Vršac? Vielleicht verändern sich diese allen genehmen Grundfesten auch mit der Zeit, abhängig vom Einzelnen, von den Umständen, von irgendwelchen anderen Mehrheiten.

Der Boden, von dem wir stammen – auf jeden Fall. Er verrät uns als Erster, so wie auch wir ihn, obwohl wir uns aneinander festhalten wie der Grundstein und der Überrest eines Hauses, die erst nach einem Erdbeben zusammenwachsen. Wenn wir ihn verlassen, begleitet uns die zu einem Duft zusammengefallene Nostalgie, in überbrückenden Bildern wie Lucijas Gobelin von der Mlava, im Wort Familie oder in der Sehnsucht nach konkreten Menschen, die uns enthüllen, dass uns etwas fehlt. Wir verstauen diese Sehnsucht in einer Ecke der Wohnung, in der wir uns einrichten, wie Exponate in einem Extrazimmer, in Sicherheit. Unser halbes Leben ist ausgedacht, mindestens.

Ekaterini liebte Träume und Filme. Anstatt Traum und Wirklichkeit rigoros zu unterscheiden, war sie rigoros, was das Schöne und alles Übrige, Wertlose anging. In jenem Jahr, als sie das letzte Mal in Griechenland war, weil sie den Tod nahen fühlte und ihn in einer Art Anteil nehmender Übereinkunft akzeptierte, fiel ihr auf, wie schön die Farbe der Erde war. Sie berührte sie, durchpflügte sie mit den Fingern, füllte einen Topf damit, den sie in ihrem griechischen Zimmer kurz betrachten und später nach Belgrad mitnehmen würde mit der Anweisung, seinen Inhalt, wenn der erahnte Moment komme, auf ihrer letzten Ruhestätte zu verteilen.

Die Erde ist manchmal schön, während die Sprache immer ein Wunder ist. »Ich weiß, was dir hier am meisten fehlt. Es fehlen dir die Scherze in deiner Sprache«, sagte meine amerikanische Freundin Caroll. Wenn wir lange an einem anderen Ort leben – die Überzeugungen sich festigen –, dann nähern sich »hier« und »dort« bis zur Übereinstimmung an. Die echten Verbindungen sind die zwischen zwei Abstraktionen. Ekaterinis Töchter neckten sie, dass sie ihr Griechisch vergessen und niemals richtig Serbisch gelernt habe. Ich war gemein, als ich ihr bei einer anderen Gelegenheit sagte, sie spreche wie Kir Janja, der Geizhals aus dem Roman von Jovan Sterija Popović. Sie ärgerte sich nicht und nahm diese Bemerkungen hin, als beträfen sie sie nicht, als stände sie darüber. *Beyond* – lautet das englische Wort. Sie wusste, dass niemand zum Mysterium der Sprache vordringen kann, sie wusste, dass sie nichts wusste, sie hatte es erkannt. Deshalb wurde sie so leicht melancholisch, wenn sie griechische Lieder hörte, obwohl sie einige Wörter nicht verstand, oder wenn sie im Autobus ein paar griechische Studenten belauschte, nicht um deren Liebesprobleme zu erfahren, sondern wegen der Sprache, um sie zu hören, ihren Klang, ihre *Melodie*, wie sie sagte. Sprache ist reine Sehnsucht. Die erste und letzte Liebe, die wir erst entdecken, wenn sie uns fehlt.

Was uns Rückhalt gibt, ist mannigfaltig. Die Familie, ein geliebtes Wesen, Menschen übrhaupt, Rituale, die uns durch ihre angenehme Wiederholung beruhigen, für manche ein gutes Leben, Wohlstand, ein volles Haus, für andere wiederum die Möglichkeit umherzuziehen, das Gefühl von Freiheit. Frieden gehört in jedem Fall auch dazu, in längeren oder kürzeren Pausen zwischen den Kriegen. Schwere Momente, die uns hätten vernichten können und die wir dennoch überlebt haben, sind das stärkste Fundament, mit dem wir uns gegen alles Erdenkliche wappnen können. Die Weisheit nach dem Schiffbruch, die Weisheit der Überlebenden – in einem Leben, das man in der hiesigen Sprache als »geschenkt« bezeichnet. Manchen genügt es, nur einmal »ich liebe dich« zu hören, *se agapo*.

Wir verlassen uns hauptsächlich auf etwas, das auf gleicher Ebene mit uns oder über uns steht – auf das Erkennbare. Deshalb sind Kinder zweifelsohne ein starkes Motiv, aber kein Rückhalt. Vom Tod ihres Vaters an bis zu Ekaterinis Lebensende wünschte sich Lucija, ihr zu ersetzen, was sie durch den Tod ihres Mannes verloren hatte. So dachte sie als Kind, als junges Mädchen, später als Frau, und nachdem sie schließlich selbst Mutter geworden war, war sie vollends von ihrer Rettungsmission in Bezug auf ihre Mutter überzeugt. Doch Illusionen wie die, die Lucija sich machte, sind nichts anderes als vergebliche und gefährliche Träume. Wie wenn ein Mensch nicht einsieht, in welchem Maße er ein Kind geblieben ist, und sich bemüht, um jeden Preis den Erwachsenen zu mimen. Das nimmt für gewöhnlich kein Ende. Die Täuschung ist unvermeidlich, nach Aristoteles ist sie der Kern des Erwachsenwerdens, nach Shakespeare sogar mehr als das, denn das Leben ist eine große Bühne. Altkluge Kinder sind schlechte Imitatoren. Das fügt sich in Ekaterinis

Geschichte über das Schöne ein, die Lucija als zu wenig ernsthaft empfand. Im Übrigen könnte jede Geschichte auf drei Wörtern gründen – das richtige Maß.

Sich Gedanken um die Sicherheit zu machen, davon blieb Ekaterini nur während jener paar Jahre verschont, in denen sie auf dem Rückweg aus dem Salon von Madame Atina die Paralia entlangschlenderte, ein wenig müde, aber zufrieden und stolz, weil sie fühlte, dass dies *ihre* Art zu gehen war. Dank dieser Schritte erfuhr sie Selbstständigkeit, erkannte, was es bedeutet, eigenständig zu sein oder sich zumindest so zu fühlen, was im Grunde dasselbe ist. Denn dieses Gefühl an sich ist die Wahrheit, und der Beweis dafür, dass sie recht hatte, war eben diese Art zu gehen, maßvoll, *taman* (sie sagte »tamanjo« – »akkurat«), leichtfüßig, ein wenig verführerisch, besonders wenn sie auf das offene Meer hinausschaute – aber entschlossen. Sie hatte für sich beschlossen, so zu gehen. Mit dieser Festigkeit konnte sie auch stehen bleiben, sich hinsetzen, ins Meer springen, ohne darüber nachzudenken, »was die Leute sagen würden«, und so überwand sie den Satz, den ihre Mutter Marija wie ein Gebet oder genauer gesagt wie ein Gebot aussprach. Ihr war, als sei sie zu allem in der Lage. Damals und dann nie wieder. Aber einmal reicht vollkommen.

Die Art zu gehen machte ihr ein Leben lang Mut, auch als es aussah, als würden alle Armeen der Welt in das Dorf am Ufer der Mlava einmarschieren, und sie vor den Geschossen floh, hungerte, betrogen wurde, traurig war, Todesangst ausstand, zwar nur kurz, so lange nämlich, wie ihr erster Herzanfall dauerte. Diese Art zu gehen blieb die ihre, auch wenn ihr die Beine vor Angst oder seltener vor Glück den Dienst versagten. Sie leitete sie, brachte sie an den Ort zurück, wo sie sie erlernt hatte, einst, für immer.

Eine ansteckende Krankheit

Warum holst du mich nicht zu dir, du lieber Gott? Warum quälst du mich, warum soll so ich leben? Allein mit diese zwei Kinder. Wir nicht können durchkommen. Besser du uns holst so bald wie möglich! Solche Gedanken, ganze Sätze, ein ganzes Gebet in wenige Worte gefasst, klangen ihr häufig im Ohr und ängstigten sie wie der Teufel, der sich auf jemanden stürzt und nicht lockerlässt. Es gibt keine größeren Ängste als irgendwelche Gedanken, die in uns auftauchen und die wir, weil sie sich wiederholen, als unsere eigenen betrachten. Ekaterini war Christin, außerdem – sie liebte das Leben. Diese Situation jedoch schien aussichtslos, ohne jedes Anzeichen, dass es besser werden könnte, mit vielen Ahnungen, dass die Dinge nur schlechter werden könnten.

Als Stipe noch lebte, tauschte sie heimlich Kristall, Dukaten, Schmuck, die wenigen verbliebenen Stücke ihrer Luxusgarderobe zuerst für einen Sack Mehl, dann für ein Tütchen Mehl oder Salz, schließlich für ein Ei. Im Krieg gibt es keine Verhältnismäßigkeit. Irgendwie fand sie sich damit sogar leichter ab als Stipe. Sie wollte es ihm ersparen, ihm zumindest nicht sagen, was sie tat, obwohl er es wusste – bei jedem Fladen Brot, den sie auftischte, stellte er sich vor, dass er einen Bissen Kristall, Gold oder Silber in den Mund nahm. Dennoch liebte er diese gut gemeinte Täuschung. Er liebte seine Kata bis zu seinem Lebensende und registrierte jede einzelne ihrer Gesten, die er als Zeichen der Liebe erlebte.

Als er starb, dachte sie, allein gelassen in ihrer Agonie des Überlebens, als Erstes daran, die Möbel zu verkaufen. Die

Hauptkäufer in dieser Zeit und Gegend waren die Volksdeutschen, genauer gesagt deren Ehefrauen. Ekaterini erinnert sich an die Deutschen als ein »maßloses« Volk – entweder schenken sie dir ihr Herz, oder sie nehmen dir dein Leben unter schlimmsten Qualen. Eine Deutsche, die ebenfalls Witwe war, bereitete nie, wirklich niemals Krapfen, Fladenbrot oder wenigstens Polenta zu, ohne sie mit meiner Großmutter und deren Töchtern zu teilen. Eine andere Deutsche kam damals, um sich die Möbel anzusehen. Ekaterini hatte alle Sachen in den Garten getragen, und die Käuferin umkreiste sie auf dem Fahrrad, musterte sie ohne Eile, taxierte sie.

»Ich gebe dir zwei Säcke Mehl und einen Sack Salz für alles.«

»Und Suker? Ich bitte, Frau, ich habe Kinder, kleine. Einen Sack Suker.«

»Gut, aber das ist alles! Und du musst mir auch diesen Kinderwagen da geben, du brauchst ihn nicht, deine Kinder sind schon groß.«

Ekaterini willigte überglücklich ein. Die Deutsche verschwand und kam bald darauf mit einem Lastwagen wieder. Ihre Dienstboten luden die Nussbaumholzschränke, die Vitrinen, verbliebenes Kristall, Sessel, Hocker, einen wunderschönen Dreisitzer, den sie von ihren Eltern bekommen hatte – »mögen dein Mann und du lange, lange zusammen darauf sitzen« –, und schließlich den Kinderwagen auf. Ekaterini und ihre beiden Mädchen blieben beim Licht einer schwachen Glühbirne im fast vollkommen leeren Haus zurück. Da rief die kleine Lucija: »Mama, Mama, meine Puppe liegt noch im Kinderwagen! Bitte geh hin und hol sie von der Tante zurück!«

»Das kann ich nicht, mein Kind«, murmelte Ekaterini. »Du hast gesehen, wie die Tante ist, die nichts gibt mehr zurück.«

»Bitte, Mami, bitte!«

Es war eine gewöhnliche Flickenpuppe, wertlos, abgesehen davon, dass sie für Lucija ein großes Stück ihrer Welt bedeutete.

»Vertrag ist Vertrag!« – tadelte die Deutsche die unglückliche Ekaterini. »Wann werdet ihr hier auf dem Balkan endlich lernen, euch an Verträge zu halten?!«

Die Puppe bekam Lucija nicht zurück, dafür aber verspürte Ekaterini plötzlich den Willen zu kämpfen, sogar richtige Kampflust, und in der Nacht, als sie von der Deutschen zurückkam, nahm sie schweigend eine Zange und die Waschschüssel, schlich zum deutschen Kohlenlager und schnitt ein Loch in den Zaun. Zierlich wie sie war, zwängte sie sich mit Leichtigkeit hindurch und fing an, Kohle in die Schüssel zu schaufeln.

»Halt! Wer da?«

»Ich, Griecherin.«

»Bist du das, Kata?« – in der Dunkelheit erkannte sie die Stimme ihres Nachbarn Milan, den die Deutschen mobilisiert hatten, das Lager zu bewachen.

»Ja doch, ich.«

»Bist du denn wahnsinnig?! Mensch, ich hätte dich umbringen können! Verrücktes Weib!«

»Ich nicht verrückt. Kinder kalt. Ich nix mehr haben zu heizen. Verheizt Stuhl, paar Lumpen, Papier, alles verbraucht.«

»Ich verstehe es ja, aber du darfst das hier nicht tun.«

»Aber was ich soll machen?«

»Na gut, wir können uns doch einigen.«

»Was einigen?«

»Na ja, sagen wir, ich lasse dich durch, wenn ich auf Wache bin. Und du bist gut zu mir. In Ordnung?«

»Gut sein. Wie denkst du ›gut‹?«

»Na, du weißt schon! Komm, stell dich nicht dumm, dir steht doch das Wasser bis zum Hals.«

»Hör zu, Milan! Du bist ein Taugenix, sag ich dir! Bring mich um, wenn du willst, jetzt! Schieß! Aber sag ich dir, du bist ein großes Taugenix! Und es gibt nix, was wir uns einigen. Ich gehe, und du schießen!«

Sie stahl immer wieder Kohle von den Deutschen, wobei sie darauf achtete, dass nicht gerade Milan Wache hielt. Wichtig war, dass das Loch offen blieb.

Der Mythos, dass die Griechin »leichte Ware« sei, gehörte aber nicht nur zu den traditionellen Vorurteilen der Serben. Eines Tages, als sie im Kessel Zwetschgenmus kochte, tauchte ein bulgarischer Soldat auf. Auf den ersten Blick begriff sie, dass er sich nicht im Geringsten von Milan unterschied. Sie wusste, was er wollte. Scheinbar gastfreundlich bat sie ihn ins Haus, fand irgendwo ein Gläschen Schnaps, reichte etwas Süßes dazu, das sie von jener freundlichen Deutschen bekommen hatte, und bewirtete ihn, wie es Sitte war. Während der Bulgare es sich gut gehen ließ, rief Ekaterini schnell die Kinder zusammen und betupfte ihnen sämtliche unbedeckten Körperteile mit Zwetschgenmus. Sich selbst »tarnte« sie auf dieselbe Weise. Sie legte den Arm um die Kinder und betrat mit ihnen das Haus, wo der Bulgare sie sehnsüchtig erwartete.

»Sie uns liebe Gast, aber besser würde Sie gehen, fliehen vor uns.«

»Warum denn, Gevatterin?«

»Weil wir kranke. War hier ein Soldat, eine Woche, seitdem wir alle kranke.«

»Was für ein Soldat?«

»Weiß nicht, welche Armee, hatte Uniform.«

»Und was für eine Krankheit?«

»Siehst du diese roter Punktchen?«

»Ja. Was ist das?«

»Schyphillis.«

Ihr fiel auf, dass sie zum ersten Mal in ihrem Leben ein »sch« ausgesprochen hatte. Sie konnte es kaum fassen. Und dann bemerkte sie, wie der Bulgare zur Hoftür hinausrannte, ohne sich umzuschauen.

* * *

Zum Glück sind die Menschen verschieden. Diese Unterschiede und ihre Vorteile leuchten uns viel klarer ein und wir deuten sie auch erst genauer, wenn wir in einer schwierigen Situation auf andere angewiesen sind. Nicht alle pflegten den Mythos von der Griechin, die leicht zu haben war. Manche hatten ganz andere Sorgen. Die Partisanen brauchten Mützen, Hemden und warme Hosen. Ekaterini nähte nachts, das Fenster mit einer dicken Decke verhängt, damit man das Licht nicht sah. Dafür bekam sie meistens Gutscheine, aber manchmal brachte ihr auch ein Partisan – ein Nachbar oder eine Nachbarin aus demselben Dorf – eine Konserve, etwas Mehl, ein paar Zwetschgen, irgendetwas. Die junge Frau, die immer wieder vorbeikam, um die Lieferungen abzuholen, trat anfangs sehr energisch auf: »Tod dem Faschismus! Genossin, hast du die Arbeit erledigt?« Aber mit der Zeit wurde auch sie milder, ließ gelegentlich ein Stück Stoff da, damit Ekaterini etwas für die Kinder nähen konnte, und wenn es Fallschirmseide gab, dann gab es neue Unter-wäsche für alle. Am Ende zog die Partisanin manchmal heimlich etwas Essbares aus der Tasche – »für die Kinder, unsere Zukunft!«.

Der Wirt der Dorfkneipe »Balkan« blieb auch im Krieg die wichtigste Person im Ort. Seine Tochter wurde bis zum Ausbruch des Krieges als Schandfleck der Familie betrachtet, mehr noch als der Sohn, der sich fürs Kochen und Handarbeiten interessierte. Danica trug Hosen, saß in der Wirtschaft ihres Vaters, trank und rauchte mit den Gästen. Eines Morgens stand sie vor Ekaterinis Tür, zum ersten und einzigen Mal. Ekaterini bekam eine leichte Gänsehaut: Was wollte sie? Sie wusste, dass Danica Macht hatte, dass irgendjemand sie unterstützte, und zwar nicht nur ihr reicher Vater. Ihre Instinkte arbeiteten auf Hochtouren.

»Verlasst sofort das Haus!«, sagte Danica. »Ihr könnt bei uns übernachten.«

»Warum, dass wir fliehen von unsere Haus?«

»Weil die Deutschen in ein paar Stunden eine Razzia machen. Ihr steht auf der Liste. Wen sie schnappen, den stecken sie ins Lager, und von dort gibt es kein Zurück. Hör auf mich und sag bloß keinem, dass ich es dir gesagt habe! Kapiert?! Keinem! Ich steck für euch meinen Kopf in die Schlinge. Wenn du ein Wort verlierst und mich zufällig jemand fragt, dann sag ich, dass du lügst. Mir glauben sie! Also, sei jetzt klug. Du hast zwei Stunden.«

Dragan war in jeder Hinsicht das reinste Gegenteil seiner Schwester Danica. Er kam oft vorbei, half Ekaterini bei der Hausarbeit, spielte mit Lucija und Ljubica, bastelte ihnen Spielzeug aus Metall- und Holzresten oder Ton. Seine leidenschaftliche Aufmerksamkeit wirkte auf Ekaterini beruhigend; während sie häkelte, schaute er sich jede ihrer Bewegungen ab, unersättlich darin, neue Muster zu lernen. Er versorgte sie mit Wolle und Zwirn, indem er alles aus seinem Elternhaus stahl, was man dort seiner Einschätzung nach nicht vermissen würde. Wolle und Zwirn steckte er in die Hosentaschen, und die Kinder lachten immer, wenn Dragan die verhedderten Knäuel herauszog, die er anschließend lange wieder aufwickeln musste.

All das und noch so viele Arbeiten und kleine Aufträge, die Ekaterini wahllos annahm, wendeten dennoch nicht den Tag ab, an dem sie sich mit ihren Töchtern ins Bett legte, um in Ruhe zu sterben. Tagelang hatten sie nichts gegessen. Kein Mensch kam vorbei. Ekaterini hatte genug vom täglichen Betteln im Dorf. »Egal! Es reicht! Wenn es uns so vorbestimmt ist, dann sterben wir, wie es sich gehört, im eigenen Bett«, beschloss sie. Ruhig lagen sie da, schwiegen. Es vergingen jene Stunden, die einem wie eine Ewigkeit vorkommen. Aber dann klopfte jemand ans Fenster. »Das Schicksal?«, dachte die schon geschwächte Ekaterini. »Es kommt also, um uns zu holen.« Sie hatte keine Kraft und noch weniger Lust aufzustehen. Das Schicksal jedoch war hartnäckig. Es klopfte weiter, immer lauter. Schließlich wurde Ekaterini wütend: »Wer ist denn das bloß?!« Und stand auf.

»Wie siehst du denn aus, um Gottes willen?!«, entsetzte sich die Nachbarin Marica.

»Lass du mir. Wir legen im Bett, um auf Tod warten. Ich kann nicht mehr dieses Leben!«

»Ach, was redest du da?! Bist du von allen guten Geistern verlassen?! Von wegen sterben!«

»Keine Essen, keine Kraft, warum ich leben?«

»Aber du hast zu leben! Du bist nicht Gott, dass du bestimmen kannst, wann du lebst und wann nicht. Und die Kinder verurteilst du auch noch gleich zum Tode! Also wirklich! Ich komme sofort wieder, ich gehe nach Hause und hole etwas zu essen, dann teilen wir, was wir haben.«

»Und morgen?«

»Hör mir gut zu – jeder Tag ist ein Tag des Lebens! Verstanden? Du musst für jeden Tag dankbar sein, an dem du aufwachst, du und deine Kinder! So ist es! Und jetzt geh ins Haus und lass mich nicht wieder hier in der Kälte stehen, sondern mach sofort auf, wenn ich ans Fenster klopfe!«

An dem Tag, an dem sie ihren Entschluss über das endgültige Ende verwarf, begriff Ekaterini, dass sie nie wieder ein Leben führen würde wie das, an welches sie sich aus der Zeit vor dem Piloten mit der Schokolade erinnerte, von damals, als sie ihre Schritte auf der Paralia genoss, und dann, als sie mit Stipe in ihr erstes Haus einzog. Jene Momente, in denen uns die endgültige Wahrheit aufgezeigt wird, sind selten, aber es gibt sie. Tatsächlich hatte sie nie wieder das, was wir ein leichtes Leben nennen, und ihre Voraussicht erstreckte sich auf dreiundsechzig weitere Jahre, bis sie 1999 mit achtundneunzig starb.

An dem Tag jedoch, als sie wie zum Trotz doch noch zu essen bekam, erkannte sie auch einige andere Lebenswahrheiten. Zum Beispiel, dass das Leben voller Wunder ist, dass die Existenz selbst ein Wunder ist und wir sie erforschen können. Dass wir uns über neue Entdeckungen freuen können und unaufhörlich alles weiter ergründen, auch wenn uns drei Leben gegeben wären. Natürlich ist das vergeblich, machen wir uns nichts vor, man könnte auch sagen langweilig. Aber das Leben ist viel interessanter. Die Wirklichkeit! Ekaterini begriff auch, dass sie die Schönheit des Augenblicks erkennen und alle schönen Tage, die sich ihr boten, bis zum Ende auskosten musste.

Die Armut aber ist wie ein Virus. Wenn wir sie einmal erfahren haben, bleibt sie für immer in uns. Sie schwelt. Und wartet auf ihre Stunde.

Bezugsscheine

Serbien war schon immer eine große Sprachenküche. Ausländer kamen auf der Durchreise oder blieben, wurden zu einheimischen Ausländern, dann zu noch größeren Serben. Sie hinterließen ihr Blut oder ihre Gene, wie man heutzutage sagt, aber auch ihre Sprache. Ekaterini mochte das türkische Wort »taman« sehr, von dem sie dachte, es sei jüdisch, weil sie *tamano* zum ersten Mal von ihren Kindheitsfreundinnen, sephardischen Jüdinnen auf der Durchreise nach Paris, gehört hatte. In Serbien musste sie Ausdrücke lernen, die die Zeit mit sich brachte: Zungenbrecher für sie wie »na kašičicu« – ein Löffelchen voll, »šaka« – eine Handvoll von diesem und jenem, »na vrh prsta« – auf der Fingerspitze, »jedan prst, dva« – ein, zwei Finger, »tri mrve« – drei Krümel.

Im Laufe des Krieges bekamen sie Bezugsscheine zugeteilt. Im Alter erinnerte sich Ekaterini daran, in den Neunzigern, während eines neuen Krieges, in dem es ihrer Meinung nach die größte Schande war, dass es keine Zigaretten gab. Als sie mich eines Tages erschöpft von einem fünfstündigen Fußmarsch mit einer Stange »Superfilter« zurückkommen sah, sagte sie: »Was ist bloß aus uns geworden?! Dieser Milošević erlaubt nicht einmal das Rauchen, den ganzen Tag muss man für so eine Ausbeute herumlaufen, wenn man überhaupt etwas bekommt! Ich erinnere mich noch daran, dass Hitler uns jeden Tag zehn Zigaretten gegeben hat!« Weil sie ihr Renommee als Vorbild nicht aufs Spiel setzen wollte – obwohl es genug widerlegende Beweise in Form von übervollen Aschenbechern gab –, erzählte sie nicht, wie sie überhaupt angefangen hatte zu rauchen. Diese Geschichte erfuhr ich von Lucija, die ihr Schweigegelübde brach, als sie eines Tages einem rumänischen Schwarzmarkthändler statt der üblichen fünfzehn Mark für eine Stange »Vikend« zahlen musste. Offenbar verschaffte es ihr Erleichterung, ihre Anstrengungen – fünf Stunden Anstehen vor dem Kiosk, dann die Mitteilung, dass die Zigaretten ausgegangen seien, und schließlich, der Gipfel seelischer Tortur, dem Rumänen das Doppelte zahlen zu müssen – der »Sorge für Mama« zuzuschreiben. Und so verriet sie mir *das große Geheimnis*: Stipe war schon nicht mehr am Leben, Ekaterini bekam auf Bezugsscheine auch Zigaretten zugeteilt, sie versuchte sie einzutauschen, aber es gelang ihr nicht, schließlich fing sie an zu rauchen, »um nichts wegzuschmeißen«, wie sie sagte – und seitdem hatte sie nicht mehr aufgehört!

»Die Reichen waren damals nicht so wie die heute«, sagte sie gelegentlich. Dabei dachte sie an die Familie Bajloni. Bajloni besaß eine große Mühle in Petrovac. Er ließ allen so viel wie möglich zukommen. Ekaterini hatte bei ihm einen Stein im Brett, weil sie für Frau Bajloni nähte. Man vertraute ihr bis zu zehn Säcke Mehl an, die von Gehilfen auf einen kleinen Karren gepackt und dann in den Zug nach Belgrad verladen wurden. Dort musste Ekaterini den Transport selbst organisieren, manchmal verkaufte sie die ganze Ladung schon auf dem Bahnhof. Wenn sie alle zehn Säcke verkaufte, was meist der Fall war, sprang für sie das Geld für einen Sack Mehl heraus. Bajloni verlangte seinen Preis, Ekaterini verkaufte das Mehl natürlich teurer und durfte die Differenz behalten.

Diese »Seele von Chef« riet ihr auch, Janko zum Untermieter zu nehmen.

»Aber ich bin allein, Frau mit zwei Töchtern! Wie kann ich Mann nehmen in Haus?«

»Aber der ist nicht so einer, verstehst du?! Er wird dir nichts tun. Er ist gutherzig und tüchtig, wie alle Slowenen. Er wird dir helfen. Außerdem bekommt er Offizierszuwendungen.«

Die Kinder mochten Janko. Er war fromm und wirklich tüchtig. Wenn er eine Arbeit beendet hatte, machte er sich sofort an die nächste. Wenn Ekaterini ihm vorschlug, er solle sich ausruhen, antwortete er, Arbeit tue ihm gut. Ekaterini war immer häufiger außer Haus und verließ sich auf ihre ältere Tochter. Lucija erledigte alle Hausarbeiten und begann damals, die Mutter zu »vertreten«. Genauer gesagt übernahm sie diese Rolle bis zu ihrem Lebensende. Denn es würden auch Friedensjahre kommen. Aber Lucija wird noch als junges Mädchen, als Frau und als Mutter immer wieder sagen: »So macht es Mama«, »Mama würde es so gefallen«, »Mama würde so etwas nie tun«, »Mama würde das nicht mal probieren.«

Lucija kümmerte sich um ihre Schwester und die Hausarbeit und sorgte daneben auch für ihr »Kind« – die Katze Mara. Sie erzog sie streng, genau so, wie auch sie erzogen worden war. Später schnappte sie das Wort »spartanisch« auf und fand häufig Gelegenheiten, es in ihre Erklärungen einzubauen. Die Katze war folgsam, was bei den vielen Schlägen, die sie bekam, nicht verwunderlich war. Lucija imitierte ihre Mutter in allem, außer in einem: »Wenn ich eine Tochter bekomme«, sagte sie zu der Katze, während sie sie liebkoste »werde ich sie Mara nennen und gaaaanz viiiiiel küssen, so wie jetzt dich, und nicht wie die Mama, die uns nie geküsst hat!« Ekaterini küsste ihre

Kinder nur, wenn sie dachte, sie schliefen. Abends bemühte Lucija sich, nicht einzuschlafen, um auf dieses bisschen Zärtlichkeit, diese bescheidene Zuwendung zu warten.

Unmittelbar vor der Befreiung kamen die Russen ins Dorf. Man verteilte sie auf die Häuser. Ekaterini war fassungslos. Sie hatte so viele Geschichten über betrunkene Russen gehört, die reihenweise sogar Babys vergewaltigten. »Machen Sie sich keine Sorgen, Ekaterini«, tröstete Janko sie: »Ich werde das regeln.« Janko organisierte über Beziehungen, dass sie statt einfachen Soldaten fünf russische Offiziere zugeteilt bekamen. Für alle Fälle schloss Ekaterini ihre Töchter im Zimmer ein. Sie blieb allerdings von dem Moment an, als sie ihr Haus betraten, für immer fasziniert von den Manieren dieser Männer, die sie so noch nie erlebt, sondern nur aus den märchenhaften Geschichten erahnt hatte, die sie in Madame Atinas Salon über fremde französische Herrschaften gehört hatte. Diese Offiziere, die einem den Sessel zurechtrückten, aufsprangen, sobald eine Frau beziehungsweise Dame den Raum betrat, einem in den Mantel halfen, Fotografien von ihren wunderschönen Ehefrauen in Pelzmänteln und -mützen und ihren Kindern in Matrosenanzügen zeigten, wie sie früher einmal auch Ekaterinis Brüder getragen hatten, machten ihr klar, dass ihr eigentlich nur ein Typ Mann gefiel – ein Gentleman.

Die Stoßarbeiterin

Nach dem Krieg tauchte auch der Pate Božović wieder auf. Er erklärte, er dürfe nicht erzählen, wo er gewesen sei und was er in der Zeit zwischen jenem Fest und dieser Befreiung gemacht habe. Ekaterini, die sich daran gewöhnt hatte, dass Konspiration in diesem Land zur Lebensart gehörte, fragte nicht weiter nach. Pate Božović wurde bald darauf Botschafter in Moskau, aber zuvor fand er für seine Schützlinge ein Zimmer mit einer kleinen Küche und lud sie nach Belgrad ein. Das Häuschen stand in einem Innenhof und hatte zwei Zimmer. Im anderen Zimmer wohnte Sultana, eine ihrem Herrn Živojin ergebene Griechin. Als sie als kleines Mädchen nach Belgrad gekommen war, um bei ihm als Dienstmagd zu arbeiten, war seine Frau Milica bereits krank gewesen. Er hatte sie verehrt, selbst gepflegt und niemandem aus der zahlreichen Dienerschaft gestattet, sich seiner Milica auch nur zu nähern. Auch nachdem sie bettlägerig geworden war, kaufte er ihr weiterhin Schmuck. Es verging kein Tag, an dem er nicht versuchte, sie mit irgendetwas zu erfreuen. Milica mochte das griechische Mädchen und bat sie, soweit sie das konnte, ihr von ihren armenischen und türkischen Vorfahren zu erzählen. Sie weinte, als ihr das Kind ungeschickt die Pogrome der Griechen in Edirne beschrieb. Živojin, der diesen Geschichten hinter der Zimmertür seiner Frau lauschte, weinte auch. Dann zog er sich in die Küche zurück und schluchzte. Sobald die Herrin eingeschlafen war, kam Sultana in die Küche, um ihn zu trösten. Er konnte nicht einmal sagen, wann er sich in sie verliebt hatte. Er war überzeugt, seine Frau ehrenhaft verabschiedet zu haben und ihr bis zum letzten Tag und auch danach treu geblieben zu sein. In den Wirren der Nationalisierung gab er Sultana den gesamten Schmuck, damit sie ihn verstecke, und schenkte ihr das Häuschen im Innenhof. Bald darauf starb er. Aber er hatte noch so lange gelebt, dass Sultana nie den Wunsch verspürte zu heiraten. Kein Mann konnte die Erinnerungen an diese wenigen mit Živojin verlebten Jahre aufwiegen.

* * *

Ekaterini fand eine Arbeit in der Schneidergenossenschaft. »Diese Partisaninnen, diese Bäuerinnen, die haben doch keine Ahnung und pfuschen nur!«, zischte sie, wenn sie abends nach Hause kam und Lucija mit dem Abendessen, »wie Mama es mochte«, auf sie wartete und ihr eine Waschschüssel mit warmem Salzwasser vor die Füße stellte. Damals hatte sie schon den ganzen Haushalt übernommen. Sie wartete jeden Abend auf ein Lob der Mutter. Das war die einzige Belohnung, die sie sich wünschte, für die sie alles tat. Doch die Belohnung blieb regelmäßig aus wegen der »Partisaninnen mit einem zweimonatigen Schneiderkurs, ach, nicht einmal das! Und diese Pfuscherinnen pfuschen ohne Ende, unverschämt!« – Mama empfand die Möglichkeit, sich nach der Arbeit und vor dem Schlafengehen in gnadenloser Kritik an der neuen Regierung, ihren Sprösslingen, all diesen »Folgen des Kommunismus« Luft zu machen, als den größten Vorteil dieser Arbeit, die sie hatte annehmen müssen. »Pfusch!« – lautete ihr Lieblingswort.

Ekaterini überbot auf Anhieb sieben Mal die Norm und bekam eine Stoßarbeiter-Anstecknadel. Dazu bekam sie allerdings auch die Eifersucht der gesamten Belegschaft zu spüren. Aber das eine wie das andere war ihr egal. »Was soll ich mit ihren kommunistischen Abzeichen?! Sie sollen mir lieber Geld geben! Aber nein, das wollen sie natürlich nicht!« Sie sollte fast ihr ganzes Leben im Sozialismus verbringen, aber eine klare Vorstellung davon, was Kommunismus wirklich war, bekam sie nicht. Sie wollte es auch gar nicht wissen. Für sie war es etwas furchtbar Schlechtes, der Untergang, schlimmer als jede Okkupation. Großmutter war das, was man einst als *Reaktionärin* bezeichnete. Eigentlich murrte sie eher, zufrieden, wenigstens eine Bezeichnung für das zu haben, was in ihren Augen schuld daran war, dass sie dieses Leben führen musste. Sie liebte die vornehme Gesellschaft, den Geist der verlorenen Zeiten, aber sie hatte auch Freundinnen, die Partisaninnen gewesen waren. Nachdem sie sich bei einer Versammlung geweigert hatte zu skandieren: »Genosse Stalin, heil dir, heil dir! Mit allem, was du sagst, hast du recht!«, wurde sie entlassen.

Es war, als hätte sie nur darauf gewartet. Sie begann für Privatkunden zu nähen, zu denen sie ins Haus ging. Dabei nahm sie immer Jelena mit, ein Bauernmädchen aus der Umgebung von Požarevac, das als unerschrockene »Illegale« berühmt geworden war. Es war die einzige Kollegin aus der Genossenschaft, die sie gemocht hatte, aber Jelena ging zu diesen »Aufträgen« heimlich mit, damit es der Parteisekretär nicht erfuhr, und weniger, um an Ekaterinis Taschengeld mitzuverdienen, sondern vielmehr aus Leidenschaft, um die Schneiderkunst perfekt zu erlernen. Ihre gemeinsame Leidenschaft für das Nähen erlosch nie, sie verband die beiden auch dann noch, als sie alt waren, aufgehört hatten zu arbeiten und sich regelmäßig im Park bei der Kalemegdan-Festung trafen.

* * *

Es war die Zeit der Lebensmittelkarten, und man hatte keine Zeit für die Liebe. Wenigstens hatte Ekaterini sie nicht. Wenn sie nicht arbeitete, stand sie für Lebensmittel an. Zweihundert Gramm Brot, hundert Gramm Fleisch, was einem auf gut Glück abgeschlagen wurde, manchmal war es nur ein Knochen. Und dann wurde es in alte Zeitungen oder irgendein anderes Papier eingeschlagen, das gerade dalag, Gott behüte!

Lucija war eine Fleischfresserin. Nur sie konnte den Schinken mit Trockenpflaumen aus den UNO-Paketen essen. Erdnussbutter mochte niemand. Aus den Trockeneiern buk Ekaterini manchmal etwas, nur damit es nicht weggeworfen wurde. Lucija und Jelena gingen kilometerweit aufs Land, um Pferdefleisch zu beschaffen. Ekaterini war entsetzt: »Eher würde ich vor Hunger sterben, als Pferd essen!« Aber der Hunger auf Fleisch war stärker als das niemals gestillte Bedürfnis, die Mutter in jeder Hinsicht zufriedenzustellen.

Lucija war vierzehn, als Ekaterini eines Tages ein undefinierbares Päckchen mit Fleisch oder Knochen angeekelt auf den Tisch legte und hinausging, um sich nach einem langen Tag die Schuhe abzustreifen. Während sie sich ausgiebig die geschwollenen Füße massierte und dabei auf Griechisch vor sich hin brummte, hatte es Lucija in der Küche gegen ihre Gewohnheit diesmal gar nicht eilig, das Päckchen auszuwickeln, sondern starrte nur auf das Einpackpapier. Es waren Noten. Sie bewahrte sie auf und zeigte sie später Fräulein Marta, ihrer Klavierlehrerin, bei der sie heimlich Stunden nahm. »Also, das geht wirklich zu weit!«, echauffierte sich Fräulein Marta, eine erstklassige Klavierlehrerin im damaligen Belgrad, die einzige, die an der Musikschule unterrichtete und dabei den Stempel der »verräterischen Bourgeoise« trug. »Wie kann man Fleisch in Beethoven einwickeln! Und auch noch Knochen, sagst du?! Diese Ignoranten!«

Ekaterini glaubte anfangs, ihre Tochter gehe »nur spazieren«. Frau Marta stellte Lucija ihr berühmtes, sozusagen historisches Klavier zur Verfügung, den einzigen Gegenstand, den aus *ihrem* Haus auszulösen ihr gelungen war, und auch nur, weil sie perfekt Deutsch sprach und den Mut hatte, an *ihre* Tür zu klopfen und einen der deutschen Offiziere zu bitten, ihr wenigstens *ihr* Klavier zu überlassen. Zu Hause übte Lucija auf einem Papierstreifen, auf den sie eine Klaviatur gezeichnet hatte.

Als Ekaterini schließlich doch Zweifel an den regelmäßigen Spaziergängen ihrer Tochter kamen, war Lucija schon eine der besten Schülerinnen der Musikschule »Mokranjac«. Ekaterini beschloss eines Tages, ihr nachzugehen, weil sie bemerkt hatte, dass sich ihre Tochter etwas besser angezogen, ja sogar schick gemacht hatte. Lucija öffnete die Tür zur Schule. Ekaterini konnte es nicht glauben. Sie wartete ein wenig, dann ging sie durch dieselbe Tür. Von überall her waren Klänge von Klavier, Geige, Blasinstrumenten zu hören. Was für ein Lärm! Sie folgte ihrer Tochter bis zur Aula, eigentlich in ein etwas größeres Klassenzimmer, in dem, wie sie bald erfahren sollte, interne Unterrichtsstunden abgehalten wurden. Sie sah, dass das Publikum Platz nahm, und setzte sich ebenfalls. Auf der Bühne wechselten sich die Schüler ab. Als Lucija auftrat, brandete Applaus auf. Nichts Geringeres als Bach! Eine Fuge – erfuhr sie von der neben ihr sitzenden Dame, aber vollkommen verstört konnte sie gar nicht mehr verstehen, welche. Sie saß da wie in einem Film, hörte »Zugabe!« und bemerkte, dass ihr Kind aufgehört hatte zu spielen. Dann begann das Kind erneut zu spielen, stand schließlich auf und verließ die Bühne. Ekaterini rannte zu ihrer Tochter, packte sie am Ohr, während diese die Glückwünsche ihrer Mitschüler entgegennahm, und schleifte sie so nach Hause, wo sie sie nach Strich und Faden verdrosch.

»Warum belügst du deine Mutter?!«

»Aber sag doch wenigstens – wie habe ich gespielt?«

»Wehe, du lügst mich noch einmal an, kapiert?! Und jetzt lass mich, damit ich mich beruhigen kann! Ich krieg kaum mehr Luft! Nachher werde ich dich fragen, woher du all das kannst!«

Strenge ist meist eine Maske. Die Frage ist, was sich hinter dieser Maske befindet. Ekaterini hatte Bach nie gemocht. Nicht einmal Chopin. Was Musik betraf, weinte in ihr das Mädchen, das einmal davon geträumt hatte, Gitarre zu spielen, zu griechischen Liedern, später französischen Chansons, noch später zu den sogenannten jugo-nostalgischen Balladen. Dennoch beschloss sie, sich Geld zu leihen und ihrer Tochter ein Klavier zu kaufen, damit sie nicht »in fremden Häusern betteln musste«. Onkel Jovo und Tante Ružica, Stipes Schwester, waren bereit, ihr einen zinslosen Kredit zu geben, aber nur unter einer Bedingung – dass Lucija, wenn sie zu Besuch kam, und die Besuche wurden häufiger, für ihre Gäste das Lied »Kauf mir, Mutter, eine Kanone« spielte. Alles hat seinen Preis. Die Höhe des Preises ist relativ – für den einen ist etwas lächerlich billig, was für den anderen unverschämt teuer ist. Ekaterini belustigte diese Marotte, und sie lachte jedes Mal darüber. Lucija war verzweifelt. Sie spielte »Kauf mir, Mutter, eine Kanone« so lange, bis irgendwann vor ihrer Einschreibung an der Musikakademie auch der letzte Dinar des Kredits zurückgezahlt war.

Freiheit ist, wenn man in den Süden gehen kann

Es war Nacht. Es war immer Nacht, wenn das schwarze Auto kam, um Ekaterini abzuholen, wenn diese Finsternis, die das Sehen verwehrte und nur Stimmen durchließ, sie einfach wegführte.

»Genossin, kommen Sie mit«, sagte der Fahrer jedes Mal.

Mittlerweile wusste sie, wo man sie hinbrachte, nicht genau, aber ungefähr, nach Dedinje auf jeden Fall, und so hörte sie auf, sich von ihren Kindern zu verabschieden und ihnen alles, was sie an Tränen besaß, zu hinterlassen wie damals, als das »Regierungsfahrzeug« zum ersten Mal vor Sultanas Häuschen anhielt. Sie bezahlten sie gut für diese Arbeit, das muss man zugeben. Die einzige Bedingung war, dass sie niemandem etwas darüber erzählte. »Wo warst du, was hast du gemacht? – Nichts.« Es gibt immer irgendeine Bedingung, versteht sich, aber nachdem sie sich von dieser ersten Nacht erholt hatte, ahnte Lucija, dass ihre Mama diese Bedingung leichter ertrug als sie die mindestens einmal wöchentlich fällige Aufführung von »Kauf mir, Mutter, eine Kanone«.

Das Automobil glitt zu einer der Villen in Dedinje, manchmal auch zum Weißen Schloss, oft zu dem Anwesen, wo in einem der Gebäude, so sagte man – sie selbst hatte es nie wirklich gesehen – Tito mit seiner Frau und verschiedenen Begleitpersonen wohnte. »Worum geht es dieses Mal?«, mutmaßte und wettete sie mit sich selbst. Sie liebte es zu spielen. »Irgendeins ihrer Feste oder ein großer Empfang? Wie viele Damen werden es sein, wie viel Arbeit? Wann komme ich nach Hause zurück? Komme ich überhaupt zurück?« Manchmal hieß es: nur diese

Nacht, manchmal ein paar Tage. Die einzige Information war, dass es keine Information gab.

Die Nähzimmer glichen in den meisten Fällen den großen Schneidersalons der Welt. »Hier wird an nichts gespart!«, dachte sie. Das gefiel ihr. Wenigstens ein wenig Luxus auch außerhalb ihrer Träume. Sie freute sich an dem Überfluss, den vielen Stoffen, Nähgarn, Knöpfchen und anderen Utensilien in riesigen beweglichen Regalen. Neue Singer-Nähmaschinen. Die Wände mit Spiegeln getäfelt. Helfer so viele sie brauchte. Essen, wie sie es nie zuvor gekostet hatte. Und nach getaner Arbeit gab es ein Gläschen Whisky oder Cognac.

Im Gegensatz zur allgemeinen Überzeugung fragte in solchen delikaten staatlichen Angelegenheiten niemand, ob man Parteimitglied sei, noch wurde die längst geprüfte Vergangenheit nochmals überprüft. Nur das Können war wichtig, und der gute Ruf von Ekaterinis Schneiderkunst drang bis an die höchste Spitze. Sie genoss die stille Fahrt. Sie wusste nie, ob sie zurückkommen würde, ob gerade diese Fahrt eine Reise ohne Wiederkehr war, aber sie fürchtete sich nicht.

Sie freute sich auf den Reichtum, all die Farben und Texturen, die sie bald sehen würde. Es hätten fantastische Nächte werden können, wenn nur diese »Partisanendamen«, wie sie sie nannte, nicht so viele Extrawünsche gehabt hätten. Der einen musste man den Hintern verkleinern, der anderen die Taille, der dritten einen Busen erfinden. Sie kannte die Forderungen schon auswendig, die die Damen im Tonfall von Kriegskommandos äußerten, unter Androhung von Gefängnis oder noch Schlimmerem, sollte es ihr nicht gelingen, ihre Figur durch den Stoff zu korrigieren. Ekaterini fiel nicht auf den überheblichen Ton herein. Sie wurde auch taub für die groben Worte, immer die gleichen, die von den Spiegeln in den Zimmern widerhallten, durch Kamelhaar, Shetland, Tweed, Seide drangen und sich in irgendeinem anderen Raum verloren.

Es ist unglaublich, wie viel man in den Damensalons erfahren kann – hier wird die wahre, nicht zurecht-geschneiderte Geschichte wiedergegeben. Ekaterini ver-stand mittlerweile alle Wörter und begriff, wer wessen Gattin war und welche Stellung der Herr Gemahl inne-hatte. Das, was sie im Laufe dieser Nächte zwischen den Spiegeln erfuhr, nahm sie mit, als sie zum letzten Mal in den Süden fuhr. Der eine oder andere Historiker hätte sie sicher beneidet, denn auch unter ihnen gibt es welche, die tatsächlich nach der Wahrheit suchen. Aber es war zu spät. Die Wahrheit über den Mechanismus der Tito-Ära schwebt nun schon seit einigen Jahren über der Paralia, bewegt sich frei die gesamte Küste Nordgriechenlands entlang. Dort, wo sich keiner dafür interessiert.

* * *

Es war im Morgengrauen. Immer graute der Morgen, wenn er im Ledermantel kam. Sie erinnerte sich nie an sein Gesicht, obwohl er immer lange dasaß, manchmal stundenlang, seinen dritten Kaffee mit Schnaps schlürfte, ihr drohte, sie hofierte, wieder drohte. Sie erinnerte sich nur an den Ledermantel.

»Bitte lassen Sie mich in Ruhe. Ich habe nichts zu ge-stehen. Mein Vater ist gestorben, das habe ich von einer Griechin gehört, und meine Mutter, meine Brüder und Schwestern habe ich seit einundvierzig nicht mehr ge-sehen.«

»Es gibt *immer* etwas zu gestehen! Komm schon, denk nochmals nach, gründlich. Lieber hier als dort, wohin ich dich sonst bringe. Du willst doch nicht wieder den ganzen Tag in unserem Büro verbringen? Wie gestern. Komm schon, erinnere dich, wenigstens deiner Kinder wegen.«

»Aber es gibt nichts, woran ich mich erinnern könnte! Ich wünschte, ich könnte es. Ich wünschte, ich könnte meine Mutter wiedersehen. Ich habe keinen Pass. Ich habe auch kein Geld. Bitte schön, überprüfen Sie das, die gnädige Frau … wird Ihnen alles sagen, sie weiß, wovon ich lebe, und auch Frau … und dann Frau …«

»Pass auf, was du sagst! Was für gnädige Frauen, Mensch?! Das sind unsere angesehenen Genossinnen!«

»Gut, Genossinnen. Die wissen es. Fragen Sie die.«

»Ich habe sie gefragt.«

»Und?«

»Ach, du bist eine schlaue Griechin! Sehr schlau, weißt du?! Du verstehst es, einem einen Floh ins Ohr zu setzen. Aber wir wissen auch mit solchen wie dir umzugehen! Wir haben Methoden für jeden!«

Diesmal bewegte sich das schwarze Automobil, ähnlich dem, das sie in der Dunkelheit in die Villen von Dedinje brachte, in die andere Richtung. Die Morgenröte reifte zum Tag. Lucija und Ljubica erinnern sich an den Wartesaal, in welchem Ekaterini sie immer zurückließ, wenn sie hinter der dicken Tür verschwand. Sechs Monate lang, jeden Tag. Živojin kam jeden Tag spätestens um fünf Uhr morgens. Seinen Namen erfuhren sie erst, als er nicht mehr kam. Sechs Monate lang erschien er ordnungsgemäß im schwarzen Ledermantel, dann das Automobil, der Wartesaal, die Mutter, die hinter der Tür verschwand, für Stunden, dann schweigend und erschöpft wieder herauskam. Nur einmal öffnete sie die Tür, bevor sie die letzten Sätze aussprach: »Ich soll mein Land ausspionieren?! Sie sind ja nicht bei Trost! Niemals! Bringen Sie mich und die Kinder um, aber mein Land werde ich für keinen Pass, für kein Haus in Voždovac oder was Sie sonst noch aufgezählt haben, verkaufen. Bitte bringen Sie mich hier um! Sofort!« Sie stand eine Zeit lang in der Tür, aus dem Büro war nichts zu hören. Dann schloss sie die Tür, dieses Mal energisch, packte die Kinder und ging wie immer auf das wartende schwarze Automobil zu.

»Du griechische Hure!«, brüllte eine unbekannte Frau im Hof von Sultanas Haus, und aus den Fenstern der umstehenden Gebäude und Wohnungen sahen die vielen alteingesessenen und nach dem Krieg neu zugezogenen Mieter.

»Wer sind Sie?« Ekaterini trat an die Türschwelle, als wolle sie sie verteidigen, doch eigentlich schützte sie ihren Stolz vor, weil sie sich vor den vielen Nachbarn schämte.

»Als ob du nicht wüsstest, wer ich bin! Du verdammte Hure, wer hat dir erlaubt, in unser Land zu kommen?! Damit du meine Ehe kaputt machst, und hier spielst du die trauernde Witwe, verflucht sei deine griechische Mutter!«

»Gnädige Frau, beruhigen Sie sich. Beleidigen Sie mich nicht, ich kenne Sie ja gar nicht.«

»Natürlich kennst du mich nicht. Und deshalb empfängst du meinen Živojin jeden Morgen! Und dann füllst du ihn schön mit Schnaps ab, und was dann kommt, weiß doch jeder!« Die Frau brach schließlich in Tränen aus.

Es war ein echtes Wunder, dass Ekaterini all diese Beleidigungen schluckte und nicht einmal gekränkt war, geschweige denn zurückschlug. Sie erkannte das Unglück sofort und hatte auf den ersten Blick Mitleid mit dieser Frau. Es war Intuition, aber auch Lebenserfahrung, das Wissen um Leid. Sie wusste weder, wer sie war, noch wer dieser Živojin war, dessen Namen die Frau unter Schluchzen herausbrachte. Ruhig bat sie sie ins Haus. Die plötzlich erschöpfte Frau nahm die Einladung an. Ekaterini setzte sie in die Küche, schloss die Kinder ins andere Zimmer ein, machte Kaffee, bot ihr Süßes an, und nachdem sich die Frau beruhigt hatte, setzte auch sie sich, um mit ihr zu reden.

Von Dunja sprach sie später immer als ihrer Retterin. An jenem Tag, am warmen Ofen, bei Kaffee und Süßigkeiten, wurden sie die besten Freundinnen. Dunja erzählte ihr von ihrem Lebensdrama, von ihrem Vater, einem Eisenwarenhändler, den die Kommunisten ins Lager gesteckt und dann umgebracht hatten, von ihrer Mutter, die vor Trauer plötzlich starb, davon, wie ihr Vermögen konfisziert und sie in allen möglichen Heimen herumgeschubst wurde, und schließlich von ihrem Mann, Živojin, Mitarbeiter des damaligen Geheimdienstes OZNA, den sie hatte heiraten müssen. »Die haben mich erpresst, sie haben mir gedroht, dass ich und meine Schwestern als Huren enden und dann wie alle Huren, die zu viel wissen, in der Save verschwinden würden!« Dennoch, mit der Zeit akzeptierte Dunja Živojin und dieses für sie vollkommen neue Leben; es gelang ihr, sich ein Heim zu schaffen, sie bekam ein Kind. Das Baby namens Stalin war ein Jahr alt, als Dunja in Ekaterinis Innenhof platzte. Nach dem Beieinandersitzen am Ofen beobachtete Ekaterini jeden Tag, wie es größer wurde, wenn sie zum Nähen in Dunjas Haus kam. Živojin sah sie nie wieder. Einige Jahre später erzählte ihr Dunja im Vertrauen, man habe ihn auf die Gefängnisinsel Goli otok gebracht. »Das hat er auch verdient!«, dachte Ekaterini, wobei sie das Gefühl hatte, dass Dunja ihre Gedanken las und ihr recht gab. Ekaterinis Kundenkreis wurde allmählich größer. Sie verdiente gut. Die Kinder hatten zu essen und etwas zum Anziehen. Es war zwar bescheiden, aber so waren die Zeiten, und Lucija und Ljubica unterschieden sich nicht von ihren Freunden und Freundinnen in der Schule. Und sobald die Grenzen geöffnet wurden, bekam Ekaterini dank Dunjas Beziehungen einen Pass.

* * *

Beim Arbeitseinsatz der Jugendlichen bei der Trümmerbeseitigung in Belgrad machten alle Kinder von Dušan und Stanica mit. Im Unterschied zu seinen Geschwistern war Luka nicht »linientreu«, obwohl er zu dieser Zeit dachte, er sei der Linientreueste, also auch in dieser Hinsicht allen anderen weit voraus. Er war ein typischer Anführer, liebte aber auch die Einsamkeit. Er ließ sich gerne bewundern; es gefiel ihm, wenn die Mädchen hinter seinem Rücken über ihn, den braun gebrannten, muskulösen montenegrinischen Jungen tuschelten. Männer verehrten ihn, er war für sie ein Idol, sie vertrauten und folgten ihm blind. Er liebte den Ruhm, aber ebenso viel Freude machte ihm das Segelfliegen, allein, so wunderbar allein, der Stille lauschend.

Beim Arbeitseinsatz zum Wiederaufbau der Schienenstrecke zwischen Šamac und Sarajevo erwarb sich Luka ein Stoßarbeiter-Abzeichen. Stanica rannte beim Abschied von ihrem Sohn weinend und wehklagend der Kolonne der jungen Leute hinterher, drohte mit Selbstmord, flehte ihn an zurückzukommen. Dann ging sie nach Hause, schloss sich im Bad ein und bekreuzigte sich lange. Dušan schwieg nur. General Radović, dem Dušan mehrmals das Leben gerettet hatte, indem er bei der Post abgehörte Telefongespräche an Radovićs Einheit meldete und ihn vor Hinterhalten warnte, hatte es irgendwie fertiggebracht, Dušans Akte verschwinden zu lassen, sie tief in der Schublade mit der Aufschrift »Gehilfen des alten Regimes« zu vergraben. Dušan wurde ein unsichtbarer Mensch. Niemand tat ihm etwas, aber er durfte sich keine Arbeit suchen und verließ das Haus nur selten.

Bei den Arbeitseinsätzen wurden Partisanen- und russische Lieder gesungen. Eines Nachts aber, bezaubert von Tanjas Augen oder vom Lagerfeuer oder vielleicht vom Anblick der Orangen aus dem Garten seiner Kindheit, auch wenn er ihn nur unbewusst in sich trug, erkühnte sich Luka und sang *O sole mio*. Die faszinierten Genossen verlangten nach mehr. Er sang *Che bella vita*. »Mehr! Wir wollen mehr!« Der Parteisekretär saß da und hörte zu, ruhig, ohne eine Regung zu zeigen. Aber nicht seinetwegen, sondern um des Liedes willen, das ihn bezaubert hatte, sang Luka »Wolga, Wolga, die Macht des Werdens«. Tanja begann zu weinen. Dieses Lied hatte ihr Großvater durch ganz Russland, durch die Türkei und Griechenland getragen und über Kragujevac nach Belgrad gebracht. Nicht lange nach diesem Auftritt bekam Luka die Einladung, im Chor der Jugoslawischen Volksarmee zu singen. Tanja sah er nicht wieder. Sie trafen sich in der Knez-Mihajlova-Straße wieder, etwa dreißig Jahre später, und tranken Kaffee im »Kolarac«. »Es waren schwere Zeiten, mein Luka. Besonders für mich. Ich musste heiraten, *sie* haben bestimmt, wen. Und du warst so frei wie ein Vogel, oder zumindest schien es mir so.«

»Mir auch«, antwortete Luka.

* * *

Als sein Vetter Savo starb, veränderte sich etwas in Dušan, etwas Grundlegendes. Plötzlich fand er die Kraft, das Schweigen, das seit Jahren auf ihm lastete, abzuwerfen und sich ins gesellschaftliche Leben zu integrieren. Savo war an einem Gehirntumor gestorben, unter fürchterlichsten Qualen, bis zum letzten Atemzug bei Bewusstsein. »Ich halte es nicht mehr aus, Dušan!«, klagte er, als er wie ein abgenützter Lappen im Militärkrankenhaus lag. »So viele Freunde musste ich ins Zuchthaus bringen, meine besten Freunde! Dabei hatte ich sie gewarnt – macht einen großen Bogen um Russland. Aber sie wollten nicht auf mich hören, diese Verdammten!«

Dušan besuchte Savo jeden Tag und hörte sich immer das Gleiche an. Er verließ das Krankenzimmer erst, wenn Savo eingeschlafen war. Das betrachtete er als das Mindeste, was er für den Mann tun konnte, der seine Tochter, die verblendete Russophile, gerettet hatte. Er würde ihm jenen Tag nie vergelten können, als Savo in seine Wohnung in der Višnjićeva-Straße hineinplatzte und losbrüllte: »Wo ist diese Idiotin?!«, Dušans sechzehnjähriger Tochter ein paar kräftige Ohrfeigen verpasste und sie dann in ihr Zimmer einsperrte. Anschließend setzte er sich völlig verschwitzt an den Küchentisch, zog ein Papier hervor und sagte mit müder Stimme: »Schau dir das an!« Dušan starrte auf die Buchstaben, die sich zu dem Befehl aneinanderreihten, dass seine Tochter im Schnellverfahren auf die berüchtigte Gefängnisinsel Goli otok zu schicken sei. Savo trank einen Schluck Schnaps, riss Dušan das Papier aus der Hand, zerriss es, warf die Fetzen in den Ofen und schaffte es gerade noch zu sagen: »Wir unterhalten uns, wenn ich mich beruhigt habe!« Er ging und wollte nicht zur Tür begleitet werden.

Savos Tod führte meinen Großvater in die Ortskanzlei. Dort konnten jeden Tag irgendwelche Mieter Reden halten. Ihre Themen bestimmte niemand – Selbstzensur ist, wie wir wissen, die effektivste Zensur. Es war nur wichtig, eine Rede zu halten. In jenem Jahr war in New York irgendein Generator durchgebrannt und in der ganzen Stadt der Strom ausgefallen. Es war nur ein einziger Tag gewesen, aber für Dušan, der sich tage- und nächtelang gequält hatte, um etwas zu finden, worüber er zu den Mitgliedern der Ortskanzlei sprechen konnte, war es »der teuerste Tag des Jahrhunderts«. Nachdem Großvater seinen Vortrag zum Thema »Seht ihr, Amerika hat auch keinen Strom« gehalten hatte, lief alles bestens. Luka bekam den Posten des Nachtwächters im Gebäude der Telegrafischen Agentur des neuen Jugoslawien, *Tanjug*, und musste kein Mittagessen mehr beim Roten Kreuz holen.

Stanica fiel ein Stein vom Herzen – endlich konnte sie auf den Markt gehen. Nicht so sehr wegen des Essens, sondern vielmehr wegen der Farben und Gerüche der Lebensmittel, wegen des Stimmengewirrs, wegen der schwer beschädigten Erinnerung an das Leben in Bar, Erinnerungen, deren Wunden nur allmählich verheilten, bis sich Stanica endlich ganz erholt hatte. Erst da befreiten sich die Erinnerungen von dem Zwang, lebendig zu sein, und gingen ins Gedächtnis über, wo sie auch hingehören.

* * *

Ekaterini kehrte mit vier bis zum Rand gefüllten Körben aus Griechenland zurück. Zwei enthielten Orangen, die anderen beiden Zitronen. Dieser Anblick war so eindrucksvoll, dass Lucija und Ljubica ihre ersten Sandalen, die Kleider und Armbanduhren, die ihnen der Onkel geschickt hatte, völlig vergaßen. Wer auch immer dieser Tage vorbeischaute, Nachbarn, Freunde, Kunden, bekam je zwei Orangen und zwei Zitronen. Die Hand meiner Großmutter tauchte in die Körbe, und wenn sie die Früchte auf die geöffneten Handflächen legte, war es, als würde sie Hostien austeilen. Sie lehrte Lucija und Ljubica, die Schalen nicht wegzuwerfen, sondern auf die heiße Herdplatte zu legen. Die Wände sogen sich gierig voll mit dem Duft. Die Schönheit des Südens besteht auch darin, dass man sie nicht wieder vergisst. Einmal mit den orangen und gelben Schalen beweihräuchert, erinnerte sich das Haus für immer an diesen Duft.

Die Ehemänner

Wenn ihre Kinder von ihr sprachen, dann immer als von etwas Schönem, Fröhlichem, zum Beispiel von ihren berühmten, unübertroffenen Pitas, für die es keine Rezepte gab, weil sie sie mit Liebe zubereitete – *me agapi*. Sie glaubten, wollten daran glauben, dass sie, weil sie doch so herzensgut gewesen war, am Ende ihre einzige Liebe Jorgos wiedergetroffen hatte, und weinten keine Träne um Marija. Auch als Verstorbene wachte sie über sie, begleitete schweigend ihre Erfolge, tadelte sie, wenn sie es verdienten; sie gestattete keine Trauer. »Das Leben ist zu kurz für so etwas«, hörten sie ihre Stimme – so klar, als stünde sie draußen im Hof.

Als man Ekaterini das Todesjahr ihrer Mutter mitteilte, verband sie diese Zahl sofort mit dem Erscheinen des schwarzen Ledermantels. Dunja hatte es ihr ermöglicht, den Duft von Orangen und Zitronen zu atmen, was, wenn wir glauben, dass in jedem Unglück auch etwas Gutes liegt, vielleicht auch die beste Art war, sich von der Mutter zu verabschieden. Sie konnte sie sich auf dem Totenbett, überhaupt liegend, gar nicht vorstellen. Marija rannte für sie immer noch über den Hof und in der Küche herum. Und die Sehnsucht nach der Mutter ist ohnehin unheilbar und steht häufig in keinerlei Bezug zu der Tatsache, ob die Mutter physisch lebt oder nicht. Dunja bekam zwei Orangen und zwei Zitronen mehr – für Marijas Seelenruhe und für den kleinen Stalin.

Ekaterinis Brüder versuchten, zunächst diskret, dann vermeintlich autoritär, aber gleichermaßen erfolglos, ihre Schwester erneut zu verheiraten. Sie fanden wirklich »ausgezeichnete« Partien, ehrenwerte und vermögende Männer, die eine Mutter mit zwei Kindern nehmen würden. Sie gab nicht nach. Ob sie damals schon Marić im Auge hatte, wird unbekannt bleiben, wie im Übrigen das gesamte Liebesleben unserer Großmutter. Sie liebte es, über die Liebe zu sprechen, von ihr zu hören, sich Liebesfilme anzuschauen, bei Liebesliedern zu weinen. Ihre letzten Worte waren ein Wort: *agapi, agapi*, wiederholte sie. Über ihre Lieben jedoch hatte sie entweder nichts zu erzählen, und so war das Thema schnell erschöpft mit der Geschichte über den Piloten, oder aber ihre Erziehung, im Grunde der einzige Lebensgefährte solcher Frauen, verbot es ihr. Liebesabenteuer hatte es auf jeden Fall gegeben, aber »nur ein ungezogener Mensch redet über seine Liebschaften«!

Marić war einige Male mit Blumen, Schokoladenbonbons und Lindenblütenhonig aus dem Wald seines Bruders vorstellig geworden. Dann eröffnete Ekaterini ihren Töchtern, sie werde heiraten. Sie hielt sich bis zuletzt detailliert an die Vorschriften für die gegebene Situation, von denen sie überzeugt war, sie habe sie aus ihrem Land mitgebracht, einem Land, in dem man die Ordnung und die Familie achtete. Eines Morgens verkündete sie ihnen, sie müssten etwas Wichtiges besprechen, wenn sie von der Arbeit zurückkomme. Lucija wurde unruhig, ihre Aufgabe, das Mittagessen zuzubereiten, erledigte sie jedoch wie immer tadellos. Nach dem Essen kochte sie Kaffee. Ekaterini zündete sich eine Zigarette an (längst schon rauchte sie mehr als zehn pro Tag) und sagte:

»Herr Marić ist ein feiner Mensch, Buchhalter, verdient gut. Bei der Arbeit schätzen sie ihn, ich habe mich bei meinen Kunden über ihn erkundigt. Es stört ihn nicht, dass ich Kinder habe. Er liebt mich. Und ich habe beschlossen, ihn zu heiraten.«

»Es stört ihn nicht, dass du *uns* hast?!!!«, Lucija versuchte erst gar nicht, ihren Aufschrei zu unterdrücken.

»Kind, beruhig dich. Und nimm es nicht wörtlich, so habe ich es nicht gemeint.«

»Aber du hast es gesagt!«

»Ja, und wenn schon! Ich bin Ausländerin, ich kann nicht so gut Serbisch wie ihr. Ihr besucht ein klassisches Gymnasium, lernt fünf Sprachen, und das habe ich euch ermöglicht, ich, eine Schneiderin! Und wenn ich es auch gern getan habe, es reicht. Ich kann mich nicht mehr so abrackern. Ich will auch ein bisschen leben.«

Mit Marićs Auftauchen in Lucijas und Ljubicas Leben entstanden zwei Erzählversionen über den Stiefvater. Lucija behauptete, er sei jähzornig, selbstsüchtig, er wolle die Mutter nur für sich haben und hasse deshalb jeden, dem sie etwas Aufmerksamkeit schenke, sogar sie beide, ihre Kinder. In einer Variante dieser Erklärung erwähnte Lucija auch gewisse sexuelle Forderungen, die Marić ihr gegenüber geäußert habe, als die Mutter einmal abwesend war. Ljubica hatte wie gewöhnlich zwar keine eigene Meinung, aber doch das Bedürfnis, sich von der ihrer Schwester abzugrenzen: Es sei nicht richtig, dass er jähzornig, eifersüchtig war, und Gott bewahre, dass er jemals Hand an eines der beiden Kinder gelegt hätte.

Wie auch immer, Marić genoss das Leben mit Ekaterini. Er war fünfundvierzig Jahre alt. Es war seine erste Liebe. Er erkannte, was es hieß, neben jemandem aufzuwachen, den man liebt, entdeckte allmählich den Zauber des Blumenkaufens, des festlichen Ausgehens in Restaurants, den Reiz von Ausflügen oder regelmäßigen Besorgungen. Er erlebte, wie es war, mit seiner Ehefrau auf den Markt zu gehen, sonntags, wie es die anderen Leute auch taten.

Sein Glück hielt nicht lange an. Chronologisch betrachtet landete er nach zwei Jahren im Irrenhaus. »Aber nein, er ist nicht verrückt geworden; in seiner Firma haben sie etwas unterschlagen, und sie haben ihn aus dem Weg geschafft, weil er unschuldig ist«, erklärte Ekaterini ihren Töchtern. »Da gehört er auch hin!«, sagte Lucija, und Ekaterini verzieh ihr diesen Satz nie, vielleicht weil sie sich nicht darüber ärgerte, sondern er sie schrecklich, *schrecklich* schmerzte. Eine Version der Geschichte besagt, er habe sich aus dem Fenster gestürzt, weil er es nicht mehr aushielt. Eine andere Version ist gesellschaftshistorisch: Der Geheimdienst, die UDBA, hatte damals viele »Selbstmorde« begangen, mit der Erklärung, die »unzurechnungsfähige Person« habe sich, wie es zu erwarten war, aus dem Fenster gestürzt.

Ekaterini heiratete nicht wieder. Sie sprach auch nicht mehr über Männer, es sei denn, die potenziellen, später offiziellen Schwiegersöhne mussten gründlich analysiert werden. Einmal, als sie schon längere Zeit allein in ihrem Häuschen an der Slavija lebte, träumte sie, dass jemand sie aufweckte, beiseiteschob, zu ihr ins Bett steigen wollte. Sie wachte im Traum auf und erblickte – Tito!
»Aber Tito, Genosse Tito! Du bist doch tot!«
»Na, wenn schon! Rück mal ein Stück, damit ich ins Bett kann.«

* * *

Die Generation meiner Eltern versäumte in Belgrad keine der Tanzveranstaltungen auf dem Kalemegdan. Dort wurde Rock 'n' Roll gespielt, und ein junger Mann hatte das Recht, das Mädchen, das ihm einen Korb gab, zu ohrfeigen. Lucija konnte unbesorgt zum Tanzen gehen. Wenn man sie mit ihrem Luka, dem Dorćoler, sah, näherte sich ihnen niemand, es sei denn, um sie unterwürfig zu begrüßen, sich nach ihrem Befinden zu erkundigen und zu fragen, ob sie eine *Boza* trinken möchten. Bei aller Wachsamkeit erfuhr Ekaterini auch von diesem musikalischen Seitensprung ihrer Tochter erst nach einem Jahr, als Lucija beschloss, ihr zu sagen, dass sie im »Abrašević«-Chor einen jungen Mann kennengelernt habe, der wunderbar singen könne. Ekaterini hörte sich geduldig an, wie ihre Tochter von mazedonischen und dalmatinischen Liedern schwärmte, von Tenor- und Sopranstimmen, die sich märchenhaft harmonisch verflochten – als hätten sie sich schon immer gesucht und endlich gefunden –, von dem gut aussehenden Jüngling mit schwarzen, gelockten Haaren, vom Ansehen, das er in Dorćol und anderswo genieße, sodass sie gehen könnten, wohin sie wollten, und sich sogar kostenlos Filme anschauen dürften.

»Und wer sind seine Eltern?«, fragte Ekaterini, die nur auf den richtigen Moment gewartet hatte.

»Sein Vater ist der ehemalige Postdirektor von Bar!«

»Ehemaliger? Ist er denn gestorben?«

»Aber nein. Er lebt. Ich weiß nur nicht genau, was er jetzt macht, sie leben in der Nähe der Kalemegdan-Festung!«

»Oh, aber wir leben doch auch nur fünf Stationen mit der Zwei von Kalemegdan entfernt.«

»Weiß du was, Mama, du kannst ironisch sein, so viel du willst!«

»Wie bitte?«

»Ich meine, du kannst dich ruhig über mich lustig machen. Aber ich liebe Luka und werde ihn wahrscheinlich heiraten, ob es dir recht ist oder nicht!«

Ljubica hörte diesem Gespräch zu und fragte sich, was sie fühlte. Eifersucht? Freude über das Glück der Schwester? Einsamkeit? Über Ljubicas Verheiratung war zuletzt gesprochen worden, als sie fünfzehn war und in Belgrad eine »gute Partie«, ein reicher griechischer Händler, Witwer und Ehrenmann von achtundfünfzig Jahren, auftauchte. Sie willigte ein, wenn auch nur zögernd, ihn sich wenigstens anzusehen. Als sie das rundliche Männlein sah, erschrak sie, rannte aus der wunderschönen Villa im Stadtbezirk Vračar, die er gerade für sich und seine künftige Braut gekauft hatte, hinaus und blieb zwei Tage verschwunden. Nachdem sie die Fahndung und die ungebührlichen Fragen der Milizionäre überstanden und ihre Tochter lebendig und wohlbehalten wiederhatte, schwor Ekaterini, nie mehr gute Partien für ihre Töchter zu suchen. Das hinderte sie natürlich nicht im Geringsten daran, den Familienstand eines etwaigen Bräutigams, den sie sich selbst aussuchten, bis in die winzigsten Details, bis zur letzten Verästelung seiner Stammbaumwurzeln auszukundschaften.

»Aber Mama!«

»Was ›aber Mama‹? Sind Mütter denn nicht *dazu* da?«

»Wozu?«

»Dass ihre Töchter nicht die gleichen Fehler machen wie sie.«

Ekaterini, die professionelle Schneiderin, sagte nicht, wie etwas sein sollte, sondern korrigierte nur das, was nicht gut war, wies auf die Fehler hin. Das über Fehler erworbene Wissen würde einem irgendwann zugutekommen. Man weiß ja nie.

Die Kundschaft

Marićs Rente war das einzige Andenken an ihn, das sich mit der Zeit veränderte. Sie war schon zu Beginn klein, bewies aber im Laufe der folgenden sechzig Jahre, dass sie immer noch kleiner werden konnte. Ekaterini hatte zwar viele Kunden, für ihren Lebensunterhalt brauchte sie jedoch mehr. Der Kreis der Damen-Freundinnen, der Damen-Mütter, der Damen-Freundinnen dieses und jenes Freundes, der Damen, deren Familien nicht geschickt genug gewesen waren und deshalb in die Kategorie »verarmte Bourgeoisie« fielen, aber genauso der Damen, die es auf alle möglichen Arten schafften, schön auszusehen – dieser Kreis von Frauen aus der Oberschicht wurde allmählich und vorsichtig breiter. Damals zahlte sich Geduld am ehesten aus. Und nur Rechtschaffenheit war noch einträglicher.

Während Ekaterini die gewaschenen und gebügelten Vorhänge auspackte, die ein Kurier zu einer Dame-Freundin gebracht hatte, damit sie daraus für sich und ihre beiden Töchter Kleider für den Empfang beim Präsidenten nähen ließ, ertönte nebenan im Schlafzimmer Geschrei:

»Ach herrje, ich bin verloren! Mein Mann bringt mich um! Ich bin erledigt! Er wird wieder sagen: ›Ich habe dir doch gesagt, du sollst sie an einem Ort aufbewahren‹, und das habe ich ja auch getan, ach, hier ist ja einer. Und wo ist der andere, verdammt noch mal?!«

»Gnädige Frau, was ist passiert, wenn ich fragen darf? Vielleicht kann ich helfen«, fragte Ekaterini ruhig, ohne das Zimmer zu betreten, von der Schlafzimmertür aus.

»Ach, mir kann man nicht helfen! Ich habe meinen Ohrring verloren! Einen Brillantohrring! Du weißt doch, die, die Radovan mir zum Ersten Mai geschenkt hat. Ausgerechnet die habe ich verloren. Hier ist einer, aber der andere ist wie vom Erdboden verschluckt!«

»Langsam, gnädige Frau, beruhigen Sie sich zuerst, dann suchen wir die Wohnung Stück für Stück ab. Nur keine Panik, ich helfe Ihnen.«

»Stück für Stück – diese riesige Wohnung? Und er kommt in einer Stunde von der Arbeit! Bis dahin muss ich den Ohrring wieder haben! Verstehst du?! Ich muss!«

Ekaterini hörte ihr nicht weiter zu, bückte sich und begann auf allen vieren zunächst alle mit dicken Teppichen bedeckten Flächen abzutasten, ja sogar abzuhorchen. Sie suchte mit allen Sinnen. Als sie nach einer Dreiviertelstunde den Ohrring im Zimmer einer der Töchter fand, war ihr erster Gedanke, dass sie von diesem einen Ohrring mit ihren Kindern gut zwei Jahre leben könnte, ohne zu arbeiten. Ekaterini schämte sich niemals ihrer Gedanken, auch nicht jener ersten. Sie vertraute auf das Urteilsvermögen, das sie von ihrer Mutter geerbt hatte, man könnte auch sagen: auf ihre diplomatischen Fähigkeiten, die noch nicht einmal jene Kündigung hatte erschüttern können, die sie sich damals bei der Versammlung mit ihrer Weigerung, »Genosse Stalin« zu skandieren, eingehandelt hatte. Auch wenn sie in bestimmten Situationen instinktiv reagierte, wusste sie, dass ihr Gefühl sie nicht trog und dass sie das Richtige tat. Die Zeit war auf ihrer Seite, über kurz oder lang würde sie ihr recht geben.

»Hier, gnädige Frau. Ich habe ihn gefunden.«

»Wo denn?«

»Gleich hier« – sie zeigte auf den dichten Flor der rosafarbenen Fußmatte unter der Spiegelkommode.

»Hier?! Aber was sucht dieser Ohrring im Zimmer meiner Tochter?«

»Die Dinge nehmen manchmal seltsame Wege, gnädige Frau. Hauptsache, wir haben ihn gefunden.«

»Du hast recht! Kata, meine Gute, wie soll ich dir das je vergelten? Du hast mein Leben gerettet!«

Sie bot ihr Geld an, aber Ekaterini lehnte es ab. Sie tat es mit Stil, versteht sich, einer Schneiderin würdig. Ein guter Ruf ist unbezahlbar, insbesondere wenn er weit reicht. Bereits in der folgenden Woche hatte sie fünf neue Kundinnen. Und sie bezahlten nicht nur gut und nahmen ihre Dienste oft in Anspruch, sondern Dana, Mirjana, Lela und ihre Schwester Kaća blieben bis zu ihrem Lebensende Großmutters Freundinnen. Die fünfte war eine gewisse Frau Bogdanović, die aufgrund eines Zusammentreffens gewisser sprachlicher Umstände nur zwei Mal und danach nie wieder in Erscheinung trat.

Ekaterinis Töchter besuchten das klassische Gymnasium. Obwohl sie es ihnen nicht sagte und auch nicht wollte, dass sie es wussten, war sie stolz auf sie. Sie hörte ihnen zu, wie sie redeten, und bewunderte sie. Was sie alles gelernt hatten und wie sie sich ausdrückten! Während sie ihnen lauschte, wiederholte sie insgeheim die völlig neuen Wörter, lernte sie zunächst nach Gehör, um später zu erfahren, was sie bedeuteten. Aber es waren viele Wörter, es wurden immer mehr, und viele blieben ohne dazugehörige Bedeutung in den Speichern des Gehörs hängen.

Frau Bogdanović begann schon bei der ersten Anprobe zu meckern. Damals kannte Ekaterini schon das Wort »Haarspalterei«. Die sture Frau Bogdanović wiederholte wie eine Schallplatte mit Sprung: »Verkleinern Sie mein

Hinterteil, egal wie! Nein, doch nicht tailliert! Und schon gar nicht plissiert! Ich will, dass es am Körper anliegt. Kein Aber! Das will ich nicht hören! Mir wurde gesagt, Sie seien eine erstklassige Schneiderin, also zeigen Sie, was Sie können.«

Bei der zweiten Anprobe wurde Frau Bogdanović richtig aggressiv, oder um es vornehmer zu sagen: geradezu angriffslustig.

»Was soll das?! Wollen Sie, dass ich wie ein Elefant aussehe?! Was heißt hier ›es geht nicht mehr‹? Hör zu, mach mir diesen Hintern weg, wie auch immer! Hast du verstanden?! Andernfalls wehe dir, dann möchte ich nicht in deiner Haut stecken – du weißt ganz genau, wer mein Mann ist, nicht wahr? Also bitte! Tu, was du kannst, sonst kannst du was erleben!«

Lucija und Ljubica horchten an der Tür und kicherten. Die grantige Frau Bogdanović war eine echte Karikatur der hochnäsigen neureichen Damen. Noch lächerlicher war Mutters Geduld, die das alles ertrug, während sie ihren Töchtern in solch einem Fall schon längst mit dem Kochlöffel gedroht hätte. Ekaterini war verzweifelt. Das erkannten sie daran, dass sie schon mindestens zum sechsten Mal dasselbe wiederholte: »Ich tue, was ich kann, Gnädigste, Sie werden zufrieden sein. Nur noch ein wenig Geduld.« Jedes Mal, wenn sie das Wort Geduld aussprach, drohte ihr die Kundin noch heftiger.

Das wird noch böse enden, dachten die Mädchen und hörten auf zu lachen. Mutter verstummte ebenfalls. Und dann folgte:

»Ach, wissen Sie was, Gnädigste! Sie sind doch nur eine ganz gewöhnliche Filzlaus!«

Die Mädchen blieben förmlich an der Wand kleben, als Frau Bogdanović geradezu durch die Tür brach und wie ein Projektil aus dem Haus schoss. »Unglaaaaaublich!«, hallte im Haus ihre Empörung nach. Als die Mädchen ins Zimmer traten, saß Ekaterini am Tisch, auf dem sich die Schnittbögen stapelten, rauchte und weinte. Sie war weiß wie das Papier um sie herum. Zitternd zog sie an der Zigarette und fuhr sich nervös mit der Hand durchs Haar.

»Mein Gott, was habe ich nur gesagt?!«

»Du hast ihr gesagt, sie sei eine Filzlaus«, antwortete Lucija vorsichtig.

»Und was bedeutet das? Hast ja gesehen, wie wütend sie geworden ist.«

»Aber Mama, warum verwendest du Wörter, deren Bedeutung du nicht kennst?«

»Ich frage dich doch, was es bedeutet!«

Alles Weitere spielte sich mit der Geschwindigkeit von Frau Bogdanovićs Abgang ab: das Geständnis und der Kochlöffel – Schläge auf den einen und auf den anderen Kopf, Gerenne um den Tisch, Kreischen. Schließlich gelang es Lucija, das Fenster zu öffnen, und die Schwestern sprangen in den Hof hinaus.

»Zahl ich dafür eure Schulbildung?! Damit ihr solche Wörter lernt? Unverschämte Gören! Und die eigene Mutter habt ihr ruiniert! Haut ab, ich will euch nicht mehr sehen!«

Die Wirkung dieses, wie sich herausstellte, nicht so verhängnisvollen Wortes hielt noch bis zum Abend an. Doch dann begann Ekaterini sich ernsthaft Sorgen zu machen, wo ihre Kinder blieben. »Ach, zum Teufel mit diesen Damen, diesen Kommunistenweibern, zum Teufel mit dem Geld und mit dieser Filzlaus, verflucht noch mal, was hat sie mir nur angetan?! Hauptsache, meinen Kindern geht es gut – Hauptsache, sie sind am Leben und gesund, alles andere wird schon werden, so wie bisher auch!«, schimpfte sie nur noch in Gedanken, obwohl sie allein im Zimmer war. Und sobald sie fluchte, sah sie um Verzeihung bittend zur Ikone der heiligen Petka. Ihr dankte sie auch, als sich herausstellte, dass die Kinder nicht einmal den Hof verlassen hatten. Die beiden hatten sich während des Wutanfalls ihrer Mutter hinter dem Mülleimer versteckt. »Siehst du! Gut, dass ich nicht laut geflucht habe«, dachte Ekaterini, »man kann nie wissen, wer einem gerade zuhört.«

* * *

Mit Dana, Mirjana, Lela und Kaća sowie einigen von deren Ehemännern erlebte Ekaterini die schönsten Tage. Mindestens einmal pro Woche spielten sie Karten. Immer abwechselnd bei einer von ihnen zu Hause, also auch in dem Häuschen an der Slavija, wurden die grüne Filzdecke auf dem Tisch ausgebreitet und ausreichend Blechdosen zusätzlich bereitgestellt, damit sie zwischendurch nicht die Partie unterbrechen und die Zigarettenkippen wegbringen mussten, Plastikbecher fürs Kleingeld hingestellt und das Licht gedämpft. Großmutter gewann immer souverän. Wenn sie verlor, tat sie es absichtlich, um diese wichtigen Freunde nicht zu verlieren. Bridge beherrschte sie seit der Zeit im Salon von Madame Atina, wo sie es in den Pausen erlernt hatte. Die erfahrene Schneidermeisterin hatte sie und die anderen Mädchen in diesem »Zeitvertreib für Damen« unterrichtet, mit dem Hinweis, sie könnten ihn irgendwann gebrauchen. Das »irgendwann«, auf Serbisch »kad-tad«, klang wie das Klackern einer Holzwippe. Sie hatte längst begonnen, auf Serbisch zu denken.

Während dieser Jahre reiste Ekaterini viel. Sie machte es sich zur Gewohnheit, ihre Geschwister und deren inzwischen größer gewordene Familien zu besuchen. Lucija und Ljubica begleiteten sie und hatten viel Spaß, obwohl ihre griechischen Verwandten durch nichts davon abzubringen waren, »gute Partien« für sie zu suchen und auch zu finden. Ekaterini bereiste mit ihren Freundinnen und deren Ehemännern mehrmals ganz Jugoslawien, schloss sich dem Trend an, in Triest einzukaufen, nutzte alle günstigen Angebote, die Lelas Mann, ein berühmter Journalist, ausfindig machte, sah für wenig Geld Ungarn, Österreich, Italien und Spanien. Doch am liebsten war ihr Rovinj. Nur Dubrovnik war vielleicht eine ernst zu nehmende Konkurrenz für die verrückten Rovinjer Partys, die heimlichen Abstecher zum FKK-Strand, die Gerichte, die sie hier zum ersten Mal kostete, den Wein, den sie noch nirgendwo anders in solchen Mengen getrunken hatte. Sie wohnten immer im selben Haus, wurden heimisch, entspannten sich bei jenem Gefühl, dass sie tun und lassen konnten, wozu sie Lust hatten. Und sie spielten leidenschaftlich Karten.

Nur einmal war Ekaterini der Idee erlegen, eine Weltkarriere zu machen. Eine Cousine aus London hatte ihr einen eigenen Salon versprochen im Austausch für nur drei Monate Arbeit. Sie war dem Traum vom Gelobten Land aufgesessen, auch wenn es England war. Auf dem Ärmelkanal empfing sie ein Sturm. Sie übergab sich, bis sie die Zollkontrolle erreichten. Müde, mit drei Koffern voller Kleidung, mehreren Regenschirmen und einer elektrischen Heizdecke, die sie überleben sollte, kehrte sie geschlagen zurück. Es hatte sich herausgestellt, dass Ekaterini bei ihrer Cousine für wenig Geld Hilfsarbeiterin werden und außerdem als unbezahltes Hausmädchen arbeiten sollte. Wie es die Menschen verdirbt, wenn sie ins Ausland gehen!

Fortan arbeitete sie in Privathaushalten. Wenn ich sie als bereits gebrechliche Greisin durch Belgrad spazieren führte, blieb sie alle Augenblicke stehen, zeigte mit dem Finger auf so manches alte Haus und sagte freudestrahlend: »Schau, da habe ich auch gearbeitet!« Ihr Ansehen wuchs, ihr guter Ruf machte die Runde, viele Aufträge musste sie auch ablehnen. Sie arbeitete unter Volldampf bei ausgesuchten Kunden, verdiente gut, aber was noch mehr als Geld zählte, war, dass sie es beim Geräusch der Singer-Nähmaschine schaffte, so vieles *zu erledigen, voranzutreiben, durchzusetzen.*

Wer behauptet, man habe damals kaum irgendwo so gut leben können wie in der Sozialistischen Föderativen Republik Jugoslawien, hat recht. Natürlich hing es davon ab, wie man sich arrangierte, das versteht sich von selbst. Unsere ganze Geschichte, seit wir existieren, ist die Geschichte eines Sich-Arrangierens. Es gibt kein gutes Regime. Oder anders gesagt: Gut ist ein Regime, wenn es einem unter ihm gut geht. Da es offiziell keine Privatwirtschaft gab, zahlte Ekaterini auch keine Steuern. Kaum irgendwo anders auf der Welt kann man seinen Lohn ganz für sich behalten. Der Staat fordert fast überall seinen Anteil. Die fortschrittlichen Staaten, wie sie genannt werden, leben

von den Steuern, von ihren Bürgern, wie es heißt. In Jugoslawien hieß es, man lebe nur von seiner Arbeit. Und vielleicht wurde auch nirgendwo sonst auf der Welt so viel
gearbeitet, besonders was wichtige und lohnende Arbeiten
betraf, wie Ekaterini sie leistete – privat.

Wenn sich die Zweige der Palmen wiegen

Lucija und Luka liebten sich am innigsten während dieser Jahre, als sie miteinander gingen und mit ihrem professionellen Chor, einem der beiden besten der Welt, ganz Jugoslawien und Europa bereisten. Sie kleideten sich gut, waren in fröhlicher Gesellschaft, sangen und lachten. Von jeder ihrer Reisen brachten sie Ekaterini etwas mit, das »in diesem Land das Wertvollste« war – tschechisches Kristall, eine russische Pelzmütze, eine Uhr aus Deutschland. Ekaterinis Liebe zu schönen und hochwertigen Dingen war unberührt geblieben von den Kriegserfahrungen und denen des angespannten Friedens. Ehrlich begeistert jubelte sie:

»Die Tschechoslowakei gefällt mir doch am besten! Diese Kristallgläser kommen sofort in die Vitrine, damit man sie sieht!«

»Nur damit Sie es wissen, in ihnen bekommt der Wein einen besonderen Geschmack.« Der künftige Schwiegersohn ließ keine Gelegenheit zu scherzen aus. »Sie sollten auch aus ihnen trinken!«

»Kommt gar nicht in Frage! Ich habe genug andere Trinkgläser. Diese sind zum Anschauen. Außerdem wisst ihr alle, dass ich nicht trinke.«

In den Jahren der Gemeinsamkeit, wie sie nachträglich genannt wurden, reiste man oft an »unser Meer« oder an »unsere Küste«. Niemand konnte sagen, welcher Ort, welches Städtchen, welche Insel oder Bucht schöner, eigenartiger, einmaliger war. Das gilt auch für Fotografien, die Lucija gemacht hatte. Dennoch, mein liebstes Foto zeigt meine Mutter, wie sie sich an ein Boot lehnt, das »Gaučo«

heißt. Die Fotografie ist schwarz-weiß und immer noch gestochen scharf. Als wäre sie erst gestern aufgenommen worden.

»Und wo ist das?«, frage ich von Zeit zu Zeit und versuche sie dazu zu bringen, sich an etwas zu erinnern, was sich damals kaum jemand merkte.

»Ach, irgendwo an unserem Meer. Woher soll ich das wissen?«

Man trug die Kleider »figurbetont«, und Körperrundungen waren in. Heute, im Zeitalter des Schlankheitswahns, würde man sagen, die Frauen waren dick. Auf den Fotos trägt Lucija Röcke bis zum Knie. Sie zeigen die ganze Harmonie ihres Körpers, die schmale Taille, perfekt geformte Hüften, Beine, die vielleicht nur noch von der Schönheit des Gesichts mit der damals beliebten schwarzen Sonnenbrille und Hochfrisur übertroffen werden. Die meisten Bilder zeigen sie beim Spaziergehen mit Luka. Sie hat sich bei ihm eingehakt. Er trägt ein weißes Hemd, Hosen mit Bügelfalte und Schuhe aus feinstem Leder. Sie trägt auch tagsüber *salonke*, Salonschuhe aus Hirschleder; das erwähnt sie in jenen seltenen Momenten, wenn sie bereit ist, in die Vergangenheit zurückzukehren.

Die Bewunderung, die sie begleitete, wenn sie durch die Straßen von Belgrad stolzierten, war zum großen Teil auch ein Ausdruck von Staunen: »Wo ist denn das bloß her? Man sieht, dass es nicht aus Triest ist!« Shopping in Griechenland war viel angenehmer, gerade weil man in dieses Land auch nicht primär zum Einkaufen fuhr. Und es gab dort alles. Als die griechischen Verwandten den künftigen Schwiegersohn sahen, den hochgewachsenen, braun gebrannten jungen Mann, seine schwarzen Locken und das Bärtchen, als sie die paar griechischen Worte hörten, die Luka aufgeschnappt hatte, und sich überzeugt hatten, dass »dieser Mann zu leben versteht«, gaben sie die Suche nach einer guten Partie für Lucija endlich auf. Sie schlossen ihn für immer ins Herz und, das können wir ruhig sagen, atmeten auf.

Der Chor der Jugoslawischen Volksarmee sang damals Werke von Mozart, Bach, Verdi und anderen Komponisten dieses Ranges. Fünfzig Jahre später schrumpfte er auf ein Viertel der ehemaligen Mitgliederzahl und reduzierte seine Aktivitäten auf den erniedrigenden »diskreten Background« für drittklassige Volksmusikanten. Es war eine Frage des Zeitgeistes und Stils. Lucija und Luka waren zur Zeit des »Turbo-Schlagers« zum Glück bereits in Ruhestand. Ihre kleinen Renten entsprechen dem allgemeinen Trend des Preisverfalls.

Aber der damalige Präsident wusste, was er tat, wenn er persönlich ein Requiem oder eine Passion bestellte. Ganz Europa sprach von »Titos fantastischem Chor«. Ein Team von Couturiers und Garderobieren kümmerte sich um elegante Kleider und Anzüge nach der neuesten Mode. Visagisten legten letzte Hand an bei der Kreierung eines »vornehmen, doch nicht übertrieben luxuriösen Aussehens«. Da es offiziell ein Armeechor war, auch wenn er aus Zivilpersonen bestand, musste zumindest im Detail Disziplin herrschen. Zu den Kostümen gehörten auch eigens erfundene Uniformen. Nach einem Konzert an der Sutjeska sprach einmal ein Greis in der Uniform aus dem Ersten Weltkrieg, mit Gehstock und mehreren klimpernden Ordenreihen, Luka an:

»Mein Sohn, was seid ihr denn für eine Armee?«

»Eine künstlerische!«

»Aha! Was es heute nicht alles gibt.«

Der Hochzeitstag kam in ihren Wünschen immer näher, obwohl niemand ein Datum erwähnte. Sie passten so ideal zusammen, dass sie jederzeit heiraten konnten. Nur ihren Kollegen Marović mussten sie noch überreden, ihr Trauzeuge zu sein. Für Marović stellte dies allerdings eine so große Ehre dar, dass er um ein Haar dauerhaft an Depressionen erkrankt wäre, weil er sich mit der Frage quälte, was er den Brautleuten schenken und wovon er es bezahlen sollte. Es musste unbedingt etwas Imposantes sein, etwas, das weit über die Verhältnisse eines einfachen Chorsängers hinausging. Marović erschien seine Lage zutiefst ausweglos. Doch dann kündigte sich überraschend ein ausländischer Gast an, der gerne Titos Residenz besichtigen wollte. Der Chor stand bereit. Von morgens bis zum vereinbarten Empfang um sechs Uhr abends probten sie das Repertoire der »leichteren Werke«. Das Programm lief. Der Präsident lächelte, niemand bemerkte eine Veränderung in der Art, wie er das Kristallglas mit dem Whisky und seine Zigarre hielt. Niemand außer Luka, dem »Teufelchen«, wie ihn seine Mutter von Kind auf nannte.

»Genosse Präsident«, sagte er, nachdem es ihm gelungen war, einige konzentrische Kreise von Sicherheitsleuten zu durchdringen, »möchten Sie vielleicht etwas Fröhlicheres hören?«

»Du bist ein kluger Junge! Wie heißt du? Ah, schön, ein schöner jugoslawischer Name. Nun, was könnt ihr noch singen?«

»Na ja, eines unserer Mitglieder, Marović, übrigens mein künftiger Trauzeuge, also, der kann mexikanische

Lieder singen, aber er geniert sich. Er denkt, das sei nicht auf Ihrem Niveau.«

»Was sagst du da, junger Mann? Du bist mir ja einer. Lieber Himmel, worauf wartest du, na los, geh, ruf diesen Marović her! Er soll sich nicht genieren, sag ihm, ich hätte es befohlen! Aber zuerst trinken wir beide einen Whisky zusammen.«

»Danke, lieber nicht.«

»Komm, komm, enttäusch mich jetzt nicht. Ich biete dir den Whisky doch nicht dir zuliebe an, sondern mir zuliebe!«, lachte Tito dröhnend und betrachtete den verdutzten Luka, der mit offenem Mund vor ihm stand.

»*Ihnen* zuliebe möchte ich dann doch!«

»Natürlich! Aber du sollst nicht davon trinken, sondern nur das Glas halten, und wenn mein Arzt da drüben nicht hersieht, gibst du es mir.«

»Ich verstehe, Genosse Präsident! Nicht einen Schluck werd ich trinken!«

»Schon gut, ein Schluck ist in Ordnung, aber pass auf, dass für mich noch genug übrig bleibt.«

In jener Nacht machte Marović sich einen Namen. Später machte er Karriere, bald darauf auch viel Geld. Er trat vor Tito und sein Gefolge und sang mexikanische Lieder. Er sang erbärmlich, die Gäste lachten, sie fassten es als eine Art komischen Programmpunkt auf. Doch als er dann *La Paloma* sang und, wie Lucija später erzählte, begann, das Kukurukukuuuuuuu zu krähen, geschah etwas Seltsames. Titos weiße Zwergpudel fingen an mitzuheulen! Der Präsident lachte Tränen: »Lieber Himmel, Marović, los, mach das noch einmal, aber nur diesen Teil!« Marović heulte mit den Pudeln um die Wette, bis der Präsident seufzte: »Jetzt reicht's, man kann auch vom Lachen müde werden!« Er neigte den Kopf. Der nächststehende Sicherheitsmann klebte sein Ohr an Titos Geflüster: »Sieh zu, dass dieser Marović ein berühmter Sänger wird.«

Gevatter Marović kaufte seinem Freund einen Fernseher der Marke »Ei Niš«. Und er beruhigte sich. Für ihn war das seine wichtigste Tat gewesen. Lucija und Luka konnten endlich heiraten.

* * *

Obwohl Ekaterini es nicht zuließ, dass irgendjemand ihre Unzufriedenheit mit dem Beruf Sänger und vor allem mit der Bezeichnung »singendes Ehepaar« beeinflusste, fand die Hochzeitsfeier nach allen Regeln der bürgerlichen Tradition in ihrem Innenhof statt. Sultana war ein Jahr zuvor gestorben, und die Gemeindeverwaltung hatte ihr Zimmer mit der Diele und Toilette Ekaterini zur Nutzung zugeteilt. Die Hochzeitsfeier war bescheiden oder, wie Ekaterini sie bewertete, »nicht übertrieben und geschmackvoll«. Das Brautkleid allerdings war atemberaubend. Es war die Kreation des Lebens von Madame Atinas bester Schülerin, aus verschiedenen Materialien genäht – aus Fallschirmseide, einer Gardine und ein paar Metern Spitze, die sie nach fünftägiger Näharbeit ohne Pause in einer Villa im Stadtbezirk Senjak geschenkt bekommen hatte, dazu einige improvisierte Details, die wie ein königliches Siegel auf einem Diplom für höchste Kunst und Fantasie wirkten.

Die Gäste trafen ein. Ekaterini empfing sie. Plötzlich bemerkte sie, dass sie Lucija schon eine gewisse Zeit nicht mehr gesehen hatte. Sie beauftragte Ljubica, sie abzulösen und die Gäste zu empfangen, und machte sich im Haus auf die Suche nach Lucija. Aus dem Bad hörte sie leises Schluchzen. Sie öffnete die Tür ohne anzuklopfen und fand ihre Tochter, die in *ihrem* Brautkleid auf einem Schemel saß und heulte.

»Was denn, jetzt schon?«

»Ach, lass mich in Ruhe!«

»Komm, komm, das ist nur wegen der Aufregung. Steh auf, du musst die Gäste empfangen!«

»Mama, du könntest einmal auch gefühlvoll sein.«

»Was?«

»Nichts. Lass mich nur, damit ich mich ausheulen kann.«

»Warte, Schatz. Sag Mama, warum du weinst.«

»Nein! Ich habe niemanden, dem ich mein Herz ausschütten kann ...«

»Das stimmt doch nicht, sei nicht ungerecht zu deiner Mutter. Ich liebe dich. Wen sollte ich denn sonst lieben, wenn nicht meine Kinder! Komm, sag es mir.«

»Ach, Luka ...«

»Was Luka?«

»Vorhin hat er mir gesagt, dass wir eine Hochzeitsreise machen. Dieser Idiot!«

»Moment, wohin fahrt ihr denn?«

»Ins Ferienlager! Ja, er will campen gehen! Mit dem Zug, auf Holzbänken! Wir werden unsere Hochzeitsnacht in einem Zelt verbringen! Verstehst du?«

Lucija begann wieder zu weinen.

»Ach, mein Schätzchen. Komm, quäl dich nicht so. Er hat es nicht so gemeint.«

»Das ist ja das Problem – weil er nicht nachgedacht hat!«

»Tja, daran musst du dich gewöhnen. So sind die Männer. Von Frauen verstehen sie nichts! Sie haben keine Ahnung von Frauen!«

»Aber ich heirate ihn!« Sie hatte bereits aufgehört zu weinen und begann unbewusst ihre verschmierte Wimperntusche und die sich aus ihrer Hochfrisur gelösten Locken in Ordnung zu bringen.

»Es ist egal, wen du heiratest. Aber wenn du es schon machst, will ich dir als deine Mutter sagen, lerne so schnell wie möglich eigennützig zu denken.«

»Wie denn?«

»Ganz einfach. Er wird niemals wissen, was in deinem Kopf vorgeht. Mütter wissen es, Frauen sowieso, aber Männer – niemals! Also, gebrauche ab jetzt den Verstand in deinem hübschen Kopf! Für den Anfang richtest du dich jetzt her und siehst zu, dass du wie die glücklichste Frau der Welt ausschaust. Er soll denken, er hätte das Richtige getan. Und er soll immer denken, dass *er* es getan hat, und du, meine Liebe, findest heraus, auf welche Art und Weise du ihm deine Wünsche suggerieren kannst. Du bist eine Frau. Und Frauen lernen schnell.«

Vielleicht hat sie es versucht, aber sie lernte es nie. Und wenn sie dennoch einen fremden Willen akzeptierte, und das geschah tatsächlich, dann war es Ekaterinis – unbewusst ausgesprochen in Lucijas bezauberndem Sopran.

* * *

Gerechtigkeit. Gerechtigkeit ist vermutlich die größte Illusion dieser uns einzig bekannten Zivilisation, auf deren Grundlage wir nicht nur Vermutungen anstellen, sondern auch endgültige Schlüsse über unsere gesamte Existenz ziehen.

Der Glaube an Gerechtigkeit ist unentbehrlich. Aber ohne Skepsis ist er reiner Blödsinn. Um Glauben und Skepsis miteinander zu verbinden, brauchen wir Talent. Das heißt, wir sprechen von Ausnahmen. Die Gesellschaft ist keine Ausnahme, sie ist die sogenannte Masse. Das System der Gerechtigkeit ist notwendig, damit sich die Masse nicht gegenseitig abschlachtet oder damit das Abschlachten zumindest annähernd unter Kontrolle bleibt. Schwierigkeiten entstehen immer dann, wenn jemand das Gesellschaftssystem mit dem Begriff der Gerechtigkeit gleichsetzt. Das beste Gleichnis dafür sind unheilbare Krankheiten. Grausam, aber gerecht. Warum ist jemand krank geworden? Hat er das verdient? Sobald wir uns das fragen beziehungsweise den Begriff Opfer verwenden, fallen wir in den finsteren Abgrund der Gerechtigkeit.

Gegen diese Krankheit helfen Lebenserfahrungen, die uns, wenn wir sie überstehen, weiser machen. Deshalb ist klar, dass Ekaterini nicht an die Gerechtigkeit glauben konnte, obwohl sie sich, wie es eine gute Erziehung verlangt, oft auf sie berief. Lucija glaubte an Mutters Worte. So sehr, dass es Ekaterini manchmal betroffen machte, in welchem Maße ihre Tochter auf sie hörte, dabei aber nichts verstand. Buchstäblich genommen ist jedes Wort wertlos. Auf eine Dimension reduziert, ist es nur ein Stein in der Mauer der Ideologie. Gerechtigkeit war für Lucija Ideologie. Ein Stadium des Glaubens, das keine Skepsis duldet, denn diese resultiert aus hohen Aufstiegen und halsbrecherischen Abstürzen. Selten hat sich jemand von Enttäuschungen der Gerechtigkeit erholt.

Der Ball auf dem Wasser

Lucija hat sich hingesetzt, um eine Zigarette zu rauchen und den Rest des Kaffees, der seit dem Morgen auf sie wartet, zu trinken. Sie kann nicht aufhören zu schwitzen, die Rückenschmerzen nehmen ihr den Atem. Doch sie ist zufrieden. Das Haus glänzt vor Sauberkeit. Der Tag ist wunderschön, sonnig, aber ihr Haus ist noch schöner. Aus einem gemieteten Zimmerchen hat sie ein Heim gemacht. Sie verfügt über diese Gabe, diese Liebe. Sie hat jedes Eckchen eingenommen, auch das undichte Fenster wird ihres, nachdem sie es mit Mamas Flickenteppich abgedichtet hat. Die Risse in den Wänden sind mit eingerahmten Bildern zum Schweigen gebracht. Der »Smederevac«-Herd blitzt. Eine abgestoßene Stelle im Email wird vom Weiß der restlichen Oberfläche besiegt.

Die Sonne scheint durch die soeben geputzten Fensterscheiben, und sie freut sich über ihr heutiges Tagewerk. Als wäre kein Glas im Fensterrahmen! Kein Stäubchen darauf zu sehen! Doch die Sonnenstrahlen wandern durchs Zimmer und spielen mit den Staubpartikeln, diesen Tausenden von unbesiegbaren Teilchen, die dem nassen und trockenen Staubtuch entkommen sind. Lucija bläst den Rauch aus und beginnt sich aufzuregen. Dieser verdammte Staub! So viel Mühe, und trotzdem ist das Zimmer nicht vollkommen sauber. Sie drückt die Zigarette aus und geht ins Bad. Wenn sie schon den ganzen Schmutz um sich herum nicht entfernen kann, so kann sie wenigstens den von ihrem Körper entfernen.

Ljubica heiratete und brachte im selben Jahr einen Sohn zur Welt. Und Lucija hatte eine Rechtfertigung vor sich selbst, das Kochen, Waschen, Bügeln und Putzen ein wenig zu vernachlässigen und ihrer Schwester, der jungen Mutter, zu helfen. Sie war begeistert von dem Baby und versuchte sich in ihrem Glück auch gar nicht zu zügeln oder zu mäßigen, wenn sie Babysachen kaufte – immer eine Größe größer – oder wenn sie ihren Neffen badete und wickelte, ihn spazieren fuhr oder in den Schlaf wiegte. Langsam floss dieses Glück über in ein Gefäß der Melancholie. Die nie verheilte Wunde in ihren Gefühlen war die Erinnerung an das Kind, das sie entfernen lassen musste. Luka hatte gesagt, ihre Lebensumstände seien noch nichts für Kinder. Die Abteibung wird sie ihm nicht verzeihen. Und ein paar Jahrzehnte später wird sie sie als ersten Punkt in ihrer Liste der Gründe »Warum ich mich von dir scheiden lasse« anführen. Vielleicht hatte er damals recht gehabt, vielleicht war es ihrem Sohn vom Schicksal nicht bestimmt gewesen, zur Welt zu kommen. Egal. Es gab keine Entschuldigung.

Nach ihren Worten wurde ich durch Betrug empfangen. Ein guter Anfang! – dachte ich, als sie es mir zum ersten Mal sagte. Die Umstände hatten sich nicht geändert, und sie wollte nicht mehr warten. Sie wollte ein Kind. Ekaterini sagte nicht nur »Gott sei Dank«, sondern arrangierte mit Lelas Hilfe einen Sommerurlaub in Rovinj für Lucija und Luka. Dort habe ich, so heißt es, zum ersten Mal heftig in Mutters Bauch gestrampelt. Und nur um nicht zu denken, sie hätte ihr Naturell geändert und wäre womöglich weichherziger geworden, quittierte Ekaterini ihnen diese Gefälligkeit mit leisem Gebrummel:

»Bei Gott, ich bin nicht in Urlaub gefahren, als ich mit euch schwanger war!«

»Wie auch? Du bist direkt in den Krieg gegangen!«, lachte die überglückliche Lucija.

»Und du, Tochter, könntest ruhig weniger frech sein!«, erwiderte Ekaterini leicht säuerlich.

»Ich bin nicht frech, Mama, nur glücklich!«

»Gut, gut, aber übertreib nicht gleich. Du bist sehr unruhig, dauernd machst du was, stöberst herum, dabei könntest du dich auch ruhig einen Monat ausruhen. Hör auf deine Mutter, es ist nicht gut, dass du so viel herumrennst. Ständig hin und her! Als ob du Hummeln im Hintern hättest!«

Von der Mutter hatte Lucija die Begeisterung für Filme geerbt oder übernommen (diese zwei Begriffe sind bei Frauen schwer voneinander zu trennen). »Vom Winde verweht« blieb immer der Favorit. Ekaterini hatte diesen Film schon wesentlich früher, mit ihrer Schwester Afroditi zusammen in Thessaloniki, gesehen. Sie war auf diesen zeitlichen Vorsprung stolz, und immer, wenn Lucija den Film erwähnte, erzählte *sie* die Handlung nach. Luka zog mit seinen Dorćoler Freunden um die Häuser und besorgte Eintrittskarten für die »Kreuzersonate«, »Das Gesicht einer Frau« oder den unvergleichlichen »Ball auf dem Wasser«. Im Haus an der Slavija nahmen die Diskussionen kein Ende – wer ist besser: Vivian Leigh oder Audrey Hepburn oder Esther Williams? Kirk Douglas oder Steve McQueen? Einig waren sie sich nur bei Omar Sharif.

Eines Abends lief im Kino zum ersten Mal »Was geschah wirklich mit Baby Jane?«. Lucijas Schwager beobachtete, wie Lucija sich dicke Wollstrümpfe anzog und mit geschwollenen Füßen in ihre Pantoffeln schlüpfte. Er bemerkte, dass sie sich krümmte, und sah auf die Uhr. Eine halbe Stunde später wiederholte sich das Gleiche.

»Das Kind kommt heute Nacht«, prophezeite er.

»Bestimmt nicht. Ich will mir den Film anschauen!«

Das Kino »Der Stern« lag nur etwa zehn Minuten zu Fuß von ihrem gemieteten Zimmer entfernt. Es war ein extrem kalter Winter, der Schnee lag drei Meter hoch. Luka und der Schwager trugen Lucija fast durch tief in den Schnee gegrabene Gänge. Vorsichtig, damit sie nicht ausrutschten, tasteten sie sich vorwärts und brauchten fast eine halbe Stunde bis zum Kino. Lucija krümmte sich wieder. Der Schwager sah auf die Uhr. Die Wehen kamen jetzt regelmäßiger, alle zwanzig Minuten. Endlich war die Wochenschau vorbei, und der Film näherte sich dem Höhepunkt. »Uh!«, stöhnte Lucija, die den Schmerz nicht mehr unterdrücken konnte, worin sie sonst Meisterin war.

»Das Kind kommt! Wir gehen!«, übernahm der Schwager nun das Kommando.

Der Krankenwagen schlitterte über die vereiste Straße. Sie hatten schon zwei Spitäler angefahren, aber nirgends war Platz. Es war der 31. Dezember, das Silvesterfest hatte längst begonnen, und das Personal gönnte sich jetzt, in der Spätschicht, unverhohlen ein Gläschen. Die Wehen kamen alle fünf Minuten. »Oh nein, nicht im Krankenwagen!«, Luka sah rot.

»Wir haben kein Bett frei.«

»Hör gut zu, meine Frau bekommt ein Kind! Du nimmst sie jetzt augenblicklich auf, sonst reiß ich dir den Kopf ab!«

»Was bilden Sie sich ein, wer Sie sind?!«

»Ich bin der Vater dieses Kindes, und gerade werde ich zum wilden Montenegriner! Ist dir klar, was das heißt?!«

Lucija wurde sofort aufgenommen. Es gab zwar tatsächlich kein freies Bett, aber es fand sich ein leerer Operationstisch.

»Warum weinen Sie denn? Ihre Tochter ist doch gesund und munter, und Sie haben die Geburt wunderbar überstanden, was haben Sie denn?« Als Entschädigung für die Geburt auf dem Oprationstisch bekam Lucija während der ganzen Zeit die altmodische Ergebenheit und absolute Aufmerksamkeit der Hebamme Leposava, die außerdem ihre Nachbarin aus dem Slavija-Viertel war.

»Ich weine vor Glück.«

»Ja, ja, das ist gut. Weinen Sie sich nur richtig aus. Ich dachte schon, Sie weinen womöglich, weil Sie eine Tochter bekommen haben, denn ich habe gehört, dass Sie sich einen Sohn gewünscht haben.«

»Wer hat Ihnen das gesagt?«

»Ihr Mann, aber streng im Vertrauen. Der Arme macht sich Sorgen, deshalb hat er mich vorgewarnt, dass Sie vielleicht traurig sein könnten, wenn ich Ihnen das Geschlecht des Kindes sage.«

»Und was sagt *er*?«

»Er? Er ist begeistert! Er ist gerade dabei, allen im Krankenhaus einen auszugeben, und schreit: ›Meine Marilyn ist geboren!‹«

»Oh, dieser Mann muss immer übertreiben.«

* * *

Unsere erste und sehr ernste Unzulänglichkeit ist, nicht zu wissen, wie es ist, geboren zu werden. Bereits von diesem Moment an sind wir von Versionen abhängig, es ist uns unmöglich, die Wahrheit zu erfahren. Alle reden davon, wie *sie* sich damals gefühlt haben. Niemand denkt im

Entferntesten daran, dass vielleicht auch wir etwas ge-
fühlt haben; noch weniger wissen sie, was, obwohl wir die
Ursache all dieser Bezeugungen von Glück, Aufregung,
Angst, Trunkenheit und Ernüchterung sind.

Ekaterini, die während der Schwangerschaft nur ein paar
Strampler in Blau für ihren Enkel gekauft hatte, kam nun
mit einer kompletten Babyausstattung in neutralem Weiß
daher. Ihren Kunden teilte sie mit, sie sollten für die
nächsten vier Wochen nicht mit ihr rechnen, und widmete
sich, wie es Brauch war, ihrem Enkelkind. Die Windeln
mussten gekocht und gebügelt werden, das Zimmer ge-
lüftet, und Lucija musste wegen ihres Blutbilds Leber essen
und alle möglichen Tees trinken, »wenn wir schon wie
die Türken qualmen«. Das war Großmutters Lieblings-
spruch, der außer ihrer Schwäche für Tabak auch die
traditionelle griechisch-türkische Unverträglichkeit zum
Ausdruck brachte.

»Aber Mama, sind es nicht die Amerikaner, die am
meisten rauchen? In jedem Film zünden sie sich eine Zigarette nach der anderen an.«

»Amerika ist reich, es kann also tun und lassen, was
es will! Lass du Amerika. Schau lieber, wo du lebst. Wir
sind doch arme Schlucker. Wir gehen noch ein vor lauter
Rauchen!«

Das Baby kannte nur zwei Stimmungen – entweder seufzte
es, oder es lachte. Ein großes Rätsel für alle.

»Konsultieren wir einen Arzt«, schlug Luka vor.

»Als ob die viel wüssten! Verlass dich lieber auf dich
selbst! Wir werden sehen, wie es sich entwickelt«, sagte
Lucija, ihre Besorgnis verbergend.

»Dem Kind fehlt gar nichts. Wir sind einfach alle verschieden«, Ekaterini hielt viel von ihrer Meinung, wunderte sich jedoch trotzdem, wieso es ihr alle glaubten. Woher hatte sie diese Überzeugungskraft? Warum nannten sie alle scherzhaft »die griechische Weisheit«? Sie wussten doch, dass sie das serbische Sprichwort kannte, nach dem in jedem Scherz auch ein Körnchen Wahrheit liegt.

Die Großmutter

Als Kind lebte ich mehr bei meiner Großmutter als bei meinen Eltern. Ich meine nicht nur die Zeit, die wir zusammen verbrachten, sondern auch die Menge und Art der Ereignisse, die wir erlebten, vor allem der filmischen. Ich sollte später im Leben, wenn ich es am wenigsten erwartete, Gelegenheit haben, auch Zeit mit meinen Eltern nachzuholen. Aber zu der Zeit, als ich erwachsen wurde, konnte das Publikum vom alten Schlage in den europäischen Metropolen gar nicht genug bekommen von Mozart und Verdi und ihren Requien. Aber im Ernst, diese Leute aus den altehrwürdigen Städten hatten tatsächlich etwas versäumt oder versäumten es noch, je nachdem, wo man die Grenze zwischen den vollendeten und unvollendeten Tempi zieht. Die wunderschöne Komposition »Ihr Wälder, ihr Wälder, habt besten Dank« zum Beispiel, die nebst dem Recital »Aber Kadinjača wird niemals fallen« in ganz Jugoslawien, vom Vardar, dem Grenzfluss im Süden, bis zum Triglav im Norden, aufgeführt wurde. Alles, was auch nur ein bisschen nach Kommunismus roch, behielten wir für uns. Selbst der Volksbefreiungskampf wurde nachträglich wie eine Art Geheimnis ausschließlich im heimischen Ambiente aufgeführt, von dem wir glaubten, es reiche bis zum famosen Triglav, obwohl zu dessen Gipfel selten jemand aufgestiegen ist, am wenigsten die Künstler.

Da ich beinahe in einem Kino zur Welt gekommen wäre, habe ich ein gutes Erinnerungsvermögen für Filmszenen. Manche sind länger, manche kürzer, aber immer sind es nur einzelne Szenen, und deshalb ist meine Erinnerung frei von all jenen kreativen Veränderungen, die man auch künstlerischen Überbau nennen könnte. Ich erinnere mich noch ganz genau an das Fenster, an dem ich saß, während Ekaterini mich ablenkte, um mir etwas Essen in den Mund schieben zu können: »Schau, da, ein Täubchen! Hör zu, was es sagt: ›Du-du, du-du ...‹« So wurde Dudu einer meiner ersten Spitznamen. Er wurde hauptsächlich wegen des Fleisches erfunden, das ich wie alles, was ge-kaut werden musste, nur zum Schein aß, doch Gevatter Marović war trotzdem mächtig stolz auf mich. Mit immer größerem Selbstvertrauen sang er *La Paloma* für den Prä-sidenten, die beiden Zwergpudel und die Damen in den Kleidern, die Ekaterini nachts in den blitzenden Spiegel-zimmern genäht hatte.

Im Haus in Slavija lernte ich mit Hilfe eines Staub-saugerrohrs zu gehen. Ekaterini schätzte den richtigen Moment ab, wann es so weit war. Sie klemmte das Metall-rohr zwischen zwei Stühle und befahl mir, mich daran fest-zuhalten und die ersten Schritte zu tun. Meine Eltern stan-den zu diesem Zeitpunkt mit beiden Beinen fest auf einer Bühne in Bulgarien, wo man ihrem Chor zujubelte, dem *nur einer* – der russische – Konkurrenz machen konnte. Ich war von jeher vorsichtig, viel zu vorsichtig. Auch beim Laufenlernen, es ging nur langsam voran. Alle wunder-ten sich, wie viel Geduld Großmutter mit mir hatte. Eine Eigenschaft, die man an ihr nicht gekannt hatte, als sie ihre eigenen Kinder großzog. Erst als meine Eltern aus Lugano zurückkehrten, zuvor noch Salzburg besucht hatten, dessen Publikum wie in den anderen Städten »Zu-gabe« rief, aber sich am besten an das bulgarische »Mehr, mehr!« erinnerten, aufgrund dessen sie sich Hoffnung machten, sie könnten die Russen übertreffen, erst da lief ich, ihr Kind, schon ganz sicher. Obschon ich mich auch weiterhin sicherheitshalber an den Möbeln festhielt, fühlte ich mich wie ein Läufer, der sich dem Ziel nähert und alle anderen zurücklässt. Ich erinnere mich, dass mich meine Eltern wie eine Attraktion ansahen. Als hätten sie nicht geglaubt, dass ich jemals meine eigene Art zu gehen haben würde. Im Unterschied zu Ekaterini versäumten sie immer die Vorbereitungen, und so erschien ihnen jeder meiner Siege wie ein Geschenk des Himmels, als unwirklich.

Weil sie in dem Augenblick als Einzige in Reichweite war, bekam Ekaterini die erste Ohrfeige, die ich in meinem Leben austeilte. Von dieser Schmach erholte sie sich nur sehr schwer. Die Ohrfeige verriet ihr und ihrem näheren Umfeld, dem sie sich anvertraute, wie eng sie sich tatsächlich an mich gebunden hatte. »*Mich* zu ohrfeigen?!«, fragte sie – und nicht: »Wieso diese Ohrfeige?«, »Ist das erlaubt?«, »Woher kennt sie überhaupt Ohrfeigen?« Ich glaube, dass ich eine Ohrfeige, noch bevor ich wusste, was sie bedeutete, in einem Film gesehen hatte. Und ich fand es witzig, das war alles. Was ich als Gag verstanden hatte, erlebte Ekaterini als tragisch. Allein weil es sich um mich handelte. Hätten seinerzeit etwa Lucija oder Ljubica versucht, das Gleiche zu tun, wäre daraus ein Horrorfilm geworden.

Ich sah mir Filme an, als würde ich mich für die Aufnahmeprüfung an der Filmakademie vorbereiten; ausnahmslos jeden, den man an unserem Fernsehgerät, jenem Geschenk des Gevatters Marović, sehen konnte, und nicht viel später auch die in den Kinos. Und so kam es, dass wir, Kinder und Alten – also die Hauptkonsumenten – aus einem unbekannten Grund und allen »Plänen und Programmen der kulturellen Bildung« zum Trotz damals ganz besonders für den Film über den serbischen Märchen-helden Baš Čelik schwärmten. Die Leute aus der Abtei-lung für Kultur und Propaganda dachten zwar gründlich nach, konnten aber nicht herausfinden, warum. Es war einfach so. In den Parks wurden Filmszenen nachgespielt; statt des Fasses, in dem sich Baš Čelik versteckt hatte, nahmen die Kinder Mülleimer, und dieses Spiel wurde zu einer gefährlichen Konkurrenz für das wichtigste von derselben Abteilung propagierte Spiel – Cowboy und In-dianer.

Ich erinnere mich, dass wir damals jeden Tag wie ge-bannt vor dem Fernseher saßen. Ekaterini hörte normaler-weise sogar, wenn ein Spatz in den Hof geflattert kam, doch da war sie so vollkommen in den Film abgetaucht, sprach die Worte der Hauptheldin nach, als würde sie sich unbewusst darauf vorbereiten, als Zweitbesetzung einzu-springen, falls es notwendig werden sollte.

»Jetzt ist es aus mit dir, Großmutter!«, ertönte plötz-lich hinter uns die Stimme aus »Baš Čelik«, und Ekaterini, die mich im Arm hielt, sprang vom Stuhl hoch.

»Oh, wenn mich jetzt nicht der Schlag getroffen hat, dann wird er es überhaupt nie!«, blaffte sie, als sie wieder zu sich kam, Opa Čedo an, unseren entfernten Verwand-ten, der uns oft besuchte, da er auch Karten spielte und oft bis tief in die Nacht blieb.

Einmal sagte ich zu Opa statt *deda* Čedo versehentlich *baba* Čedo, also Oma, und die gesamte Kartenspieler-truppe kippte vor Lachen fast vom Stuhl. Es ist überflüssig zu sagen, dass er diesen Spitznamen bis an sein Lebens-ende behielt. Damals habe ich es einfach so dahingesagt. Aber um ehrlich zu sein, obwohl wir viele und viel nähere

Blutsverwandte hatten, war »baba« Čedo der einzige, der immer für uns da war, wenn man ihn wirklich brauchte. Diese Nähe habe ich als Kind gespürt und benannt.

* * *

Mit Luka und Lucija fuhr ich jeden Sommer an »unser Meer«, manchmal sogar zwei Mal, wobei mir dieses zweite Mal lieber war, weil es fast immer mit den Festspielen von Dubrovnik zu Ende ging. Ich vergötterte Dubrovnik, dieses Stadtwesen, wie ich es einige Jahrzehnte später während eines Krieges nennen sollte, der mir auch diese Stadt nahm. Nicht nur diese Sommeraufenthalte sind unvergesslich, sondern auch der Einfallsreichtum, mit dem Lucija und Luka sich bemühten, Geld zu verdienen, damit ich mit meiner damaligen chronischen Bronchitis im Meer schwimmen und die würzige Kiefernluft einatmen konnte. Sie reparierten ihren Fiat 500, liebevoll *Fićo* genannt, bis er so weit ruiniert war, dass man ihn nur noch »mit den Füßen antreiben« konnte, wie Mama sagte, arbeiteten nebenher und verkauften schließlich – auf dem Höhepunkt unserer Armut, wie es uns damals schien – den wertvollsten Gegenstand im Haushalt: Mamas mit Mühe abbezahltes Klavier. Aber trotz alledem sind in meiner Erinnerung die Sommerferien mit Ekaterini am lebendigsten haften geblieben.

Im Fotoalbum sehe ich uns, immer im flachen Wasser; sie ist die ganze Zeit besorgt um mich und schaut deshalb nicht ins Objektiv, und ich posiere mit dem obligatorischen gelben, entenförmigen Schwimmring um die Taille. Es folgen Fotografien, die in Thessaloniki aufgenommen wurden. Ich sehe aus wie eine Prinzessin, trage eine weiße

Pelzmütze, ein oranges Mäntelchen aus allerbestem Stoff. In der Hand halte ich ein Bündel Schnüre, an deren Ende Luftballons schweben. Genau so – als bunten Strauß – brachte sie mir Onkel Niko jeden Tag mit, wenn er von der Arbeit kam. Die Schokolade ist auf dem Foto zwar nicht zu sehen, aber sie ist in meiner Erinnerung verzeichnet, genauso wie ihr Rhythmus – eine Tafel täglich.

Tante Niki war Ekaterinis Cousine. Das gut situierte kinderlose Paar empfing uns in seiner riesigen Wohnung im Zentrum von Thessaloniki. Aber wir wohnten nicht deshalb bei ihnen statt bei Omas Geschwistern und deren Nachkommen. Uns zog gerade das an, was man mit Geld nicht bezahlen kann. Niko und Niki waren der Inbegriff des ewig verliebten Paares. Bei ihnen fühlten wir uns von Liebe umgeben; es gibt keine historische Zeit, in der die Liebe und so auch der Hunger nach ihr nicht die wichtigsten Charaktere wären. Liebe ist Charakter, das habe ich in meinem zweiten Lebensjahr begriffen, dank Onkel Niko und Tante Niki – den beliebten Helden nicht nur eines Films, sondern einer ganzen Serie, die ich meine ganze Kindheit hindurch verfolgte.

Luka gab nur ungern seine Zustimmung zu diesen Reisen.

»Da wird doch irgendwas gemauschelt«, sagte er zu Lucija.

»Wenn's nach dir geht, wird immer etwas gemauschelt!«, antwortete sie gereizt, während sie meine Sachen in den Koffer packte.

Die Sachen brachte ich nie nach Belgrad zurück. Sie endeten auf irgendeiner Mülldeponie von Thessaloniki. Zwei Monate lang kauften Niko und Niki ständig Sachen für mich, als hätten sie drei Kinder zu versorgen. Wenn Onkel Niko mit den Luftballons und der Schokolade zurückkam, nahm er mich in die Arme, dann setzten wir uns in seinen Sessel, und er brachte mir mit einer Engelsgeduld Griechisch bei. Bald sprach ich wie ein Kind aus bestem griechischem Hause, korrekt und deutlich. Natürlich war ich mir meines ersten Elitismus im Leben nicht bewusst, mir gefiel nur, dass man mich lobte.

Wir hatten auch unsere Spiele. Sein liebstes war, wenn ich ihn »baba« nannte, was auf Griechisch Papa bedeutet, und er dann wie zufällig noch eine Tafel Schokolade in seiner Hosentasche fand. Ich war gelegentlich mit diesem Spiel einverstanden, machte es aber eher widerwillig, und ich könnte schwören, dass ich jedes Mal inwendig sagte: »Entschuldige, Papa, aber ich habe so Lust auf Schokolade.« Natürlich ist dieser Satz nicht nachweisbar und aller Wahrscheinlichkeit nach erfunden. Aber eine Szene am Belgrader Hauptbahnhof berechtigt mich, ihn in die Gedanken eines zweijährigen Kindes einzufügen.

»Jetzt reicht es mir aber!«, in Lukas Wut war der Punkt erreicht, an dem keine Verhandlungen mehr möglich waren.

»Was sollen wir denn machen?«, Lucija gab nach und sah selbst ein, dass in dem ihr verhassten Wort »mauscheln« etwas Wahres steckte.

»Ruf an und sag ihnen, ich hätte befohlen, dass sie so schnell wie möglich zurückkommen!«

»Aber wie werden es die Leute auffassen? Sie haben doch so viel getan.«

»Ach nein! Die wollen *mein* Kind adoptieren! Weil wir arm sind und sie nicht. Aber das wird ihnen nicht gelingen! Es ist mir egal, wie sie es auffassen! Ruf sie lieber, bevor ich persönlich hinfahre!«

Der Zug fährt langsam in den Bahnhof ein. Jede Rückkehr ist wie ein Anlegen im Hafen. Sie vollzieht sich immer langsam, im Unterschied zur Abfahrt.

Gedränge der Reisenden, Rufe der Kofferträger, alle möglichen Quietschgeräusche und die unverständliche, unterbrochene Stimme, die über Lautsprecher die Abfahrtszeiten bekannt gibt. Ich trage einen kleinen Pelzhut und schaue aus dem Zugfenster. Ekaterini hält mich fest, ich spüre, wie sie zittert. Als ein Kind, das entweder lacht oder seufzt, lache ich jetzt, jauchze die ganze Zeit und suche mit dem Blick meine Eltern im Gewühl auf dem Bahnhof. Bevor ich Vaters Gesicht sehe, höre ich seine Stimme. Er sieht mich auch nicht, aber er ruft nach mir. Sein warmer, singender Tenor verwandelt meinen Namen in eine Arie. Dann endlich entdecke ich ihn:

»Baba! Baba!«, schreie ich aus voller Kehle. Und ich lache. Das Gesicht meines Vaters verfinstert sich vor meinen Augen.

»Was denn, nennt mich meine Marilyn jetzt Oma?!«, Vater ist zum Weinen zumute, oder er ist kurz davor, wütend einen gänzlich unschuldigen Passanten auf der Stelle zusammenzuschlagen.

»Das heißt Papa auf Griechisch«, klärt Lucija ihn auf.

»Ich weiß ganz genau, was das heißt! Dass du dich nie mehr bei jemandem beklagst, wir hätten kein Geld, hast du gehört?! Bei niemandem! Diesmal haben wir sie gerettet, sie hat uns wenigstens wiedererkannt!«

»Ich kann deine Paranoia nicht mehr ertragen!«

»Ach nein? Dann warte, bis man dir das Kind ganz wegnimmt, damit du kapierst, was man heutzutage alles machen kann; ich werde nicht so lange warten!«

Luka war für mich weder Baba noch Vater, noch überhaupt irgendein Verwandter; mehr als all dies zusammen war er immer mein Freund. Und wenn ich ihm auch mal nicht glaubte, so hörte ich doch auf ihn; ich ließ immer die Möglichkeit gelten, dass er vielleicht doch recht haben könnte. Zwischen jener Szene der Verblüffung im Kindergarten »Kleiner Schmetterling«, als ich die Kinder auf Griechisch ansprach, und der Szene, in der Luka mir vor meinem ersten Weggehen auf eine Party demonstrierte, wie geschickt man Drogen in ein Glas mit Saft fallen lassen kann, wird sehr viel Zeit vergehen. Ein ebenso großer Zeitabstand trennt seinen erfahrenen Einblick in die Realität von seinem Verständnis für mein scheinbar kompliziertes, im Grunde aber sehr einfaches, wenn auch seltenes Naturell. Ein anderer Vater, Đoka, der Vater meiner Schulfreundin, der mich nicht allein deshalb nicht als ein Kind ansah, weil er ein eigenes hatte, sollte mich einmal als »jung, übermäßig neugierig, unruhig und naiv« bezeichnen und damit die reine und definitive Wahrheit über mich äußern und darüber, wie mich meine Nächsten zu einer Zeit sahen, als ich »zwar schon Studentin, aber immer noch ein Kind« war. Er hatte seine Tochter wegen des überquellenden Aschenbechers und zweier leerer Whiskyflaschen ausgeschimpft. Als sie ihm vorhielt, dass er nur sein eigenes Kind anzubrüllen wage, weil er nur sie noch immer für ein Kind halte, während er sich nicht getraue, mir etwas zu sagen, antwortete Đoka mit einem Satz, der mich wahrheitsgemäßer spiegelte als jede Fotografie:

»Sie ist anders, an ihr bleibt nichts hängen!«

Die Jugend ist in der Tat irgendwo unterwegs von mir abgefallen. Als wäre zwischen den Luftballons, dem späteren Handballspielen und den paar Gedichten, die ich geschrieben habe, von denen keines ein Liebesgedicht war, bis zu meiner Immatrikulation an der Fakultät das Kino geschlossen gewesen. In dieser Pause hörte man die Musik: »Das Tagebuch einer Liebe« von Josipa Lisac und Karlo Metikoš, »The Bohemian Rhapsody« von Queen, »Du bist nicht allein« und die Stimme von Bisera Veletanlić, »Heute Nacht will ich für dich schön sein« von Gabi Novak, einer weiteren Kollegin meiner Eltern, wie auch die anhaltende Begeisterung fürs »Lacrimoso« von Verdi und das von Mozart, die mich überallhin begleiteten und nicht nur Jahreszeiten, sondern Jahre, Jahrzehnte, die Zeit als solche auslöschten. An die Jugend erinnert man sich für gewöhnlich wegen der Liebe, vor allem der ersten. Ich habe sie nicht gehabt. Ich hatte viele Lieben, immer schon, aber von keiner einzigen dachte ich, sie sei die erste. Jede war immer nur die eine.

Das serbische Haus

Wenn etwas lange andauert, fangen wir an zu vergessen. Wenn wir, sagen wir mal, viel Zeit damit verbringen, unzufrieden zu sein, kommt es uns vor, als würde die Unzufriedenheit tausend Jahre dauern, obgleich es sich vielleicht nur um zehn oder fünfzehn Jahre handelt. Ich erinnere mich nicht an die ersten, auch nicht an die zweiten und schon gar nicht an die darauffolgenden Streitigkeiten. Ich erinnere mich nicht, wie diese Intoleranz entstand. Man sagt, jeder Prozess sei von seiner Dauer gekennzeichnet und ein Prozess sei der Kern aller wirklichen Ereignisse. Ich misstraue den Wörtern »jeder« oder »immer«. Am verdächtigsten sind mir die Versionen einer Geschichte, die einen Schuldigen benennen. In manchen von ihnen ist Ekaterini die Hauptdarstellerin. »Ach was!«, sage ich, es braucht für alles immer zwei, und oft stellt sich heraus, dass es sogar mindestens drei sein müssen.

Es ist komisch, wie die meisten Menschen das Bedürfnis, zusammen zu sein, romantisieren, um dann eine Trennung zu dramatisieren. Warum sollte das Auseinandergehen weniger romantisch sein? »Eine Ungerechtigkeit!«, hätte Lucija wahrscheinlich gesagt, wenn es um die Scheidung von jemand anderem gegangen wäre. So aber blieb sie bei ihrer Version: »Luka ist schuld!« Luka blieb bei seiner: »Wir hätten glücklich zusammenleben können, wenn deine Mutter nicht gewesen wäre. Sie mischt sich in alles ein!« Als sie schon beschlossen hatten, wie wir künftig leben würden, fragten meine Eltern mich, was ich davon halte, und ich sagte: »Jeder hat sein eigenes Leben. Ich mische mich nicht in eures ein, aber ihr werdet euch auch nicht in meines einmischen!«

Schon lange zog es mich in das Häuschen an der Slavija. Nicht wegen der Erinnerungen, die Lucijas Hauptmotiv gewesen waren, von dort zu fliehen, sondern um des Ortes selber willen. Lucija sagte immer wieder, ihr sei »in diesem Schuppen schon drei Mal die Decke auf den Kopf gefallen« und »man werde dort mit den Mäusen nie fertig«, doch das und die Tatsache, dass ich in diesem Haus meine ersten Schritte gemacht hatte, bedeuteten mir manischer Fußgängerin fast nichts im Vergleich zur Nähe zum Stadtzentrum und zu all den Möglichkeiten dieser privilegierten, täglich neu entdeckten Lage.

Erstens konnte ich überall bis tief in die Nacht bleiben, ohne mir über die Rückkehr Gedanken zu machen. Ich war aus der Agonie des öffentlichen Nahverkehrs befreit, die in unserem Land in der Regel von mythischer Dauer ist. Anfangs murrte Ekaterini, mehr der Ordnung halber, gab dann aber auf, als sie merkte, dass ich ihr nach zwei Litern Wein tatsächlich nicht mehr zuhören konnte. Wir zechten, feierten, studierten, schrieben Poesie. Solche Jahre waren es nicht nur in meiner persönlichen Lebensgeschichte. Eine heute anerkannte Schriftstellerin war damals eine glänzende Lyrikerin. Sie stieg gern durchs Fenster in mein Zimmer ein – das Haus an der Slavija bot auch diese Möglichkeit. Oft wachte ich auf, und sie saß am Ofen, trank Kaffee und las. Von diesem Haus aus versuchten wir eines Nachts nach Berlin zu kommen. Meine Freundin, die damals für die Poesie lebte, während ihr die Poesie jenes Lebensgefühl gab, das man niemals vergisst, schlug vor, per Anhalter zu fahren. In Berlin warte eine warme Unterkunft auf uns – die gemütliche Wohnung der Schwester ihres Exfreundes und ihrer Freundin. »Mich werden sie ganz bestimmt nicht zurückweisen«, versuchte

sie mich zu überzeugen, »und dich natürlich auch nicht.«
In jener Nacht kamen wir allerdings nur bis zum Auto-
bahnzubringer. Das war in den Achtzigerjahren. Die
Autofahrer nahmen keine Anhalter mehr mit, auch keine
weiblichen, wie sie es in den Siebzigern getan hatten oder
wie es die Lastwagenfahrer in amerikanischen Filmen
taten. Niemand hielt an. Angeblich sagt die Art und
Weise, wie wir fahren, viel über uns Menschen aus. Damals begann die Zeit der vorsichtigen Fahrweise.

Aber es gab auch die Liebe. Jene »allumfassende«.
Unermüdlich riefen wir Eros an, und er sandte uns seine
fantasievollen Gaben. Manchmal aufregende, bis ins
Mark gehende und manchmal auch komische. Miki hatte
ein Motorrad und ich eine schwache Vorstellung vom
Traum einer »ernsthaften Beziehung«. Ich erinnere mich
nur an die Ausfahrten mit ihm, an das steile Hinunter-
sausen von der Nationalbibliothek bis zur Slavija, dann
die Fahrt über die Brücke, übers flache Land zum Woch-
enendhäuschen seiner Eltern. Dort war es immer kalt, wir
kehrten jedes Mal bald zurück. Miki versteckte seine Eifersucht geschickt, schmeichelte mir mit seinem Lachen,
wenn ich den älteren Herrn aus dem Haus Nummer 10
erwähnte, der jeden Morgen im Supermarkt an der Kasse
auf mich wartete, damit wir, nachdem wir bezahlt hatten,
jeder mit seiner Einkaufstüte, eine Runde um den Platz
gingen. Er lachte über meine nächtlichen Gelage mit den
Dichtern und den zufälligen Kaffeehausbekanntschaften,
die wir unterwegs auflasen und durch das Fenster ins
Haus ließen. Am verrücktesten fand er die Sache mit dem
Stuhl. Dragana und ich hatten aus dem Kaffeehaus »Zwei
weiße Tauben« zum Spaß einen Stuhl geklaut und nahmen
ihn im Bus mit nach Hause. Die Passanten machten witzige

Bemerkungen, der Busfahrer lachte, es passierte nichts Schlimmes. Miki war kein Prophet und konnte nicht wissen, dass wir uns nur zehn Jahre später in einer Zeit befänden, in der Menschen auch wegen eines Stuhls umgebracht wurden. Er wäre verstummt, wenn ihm damals einer gesagt hätte, dass er, der blonde, lockenköpfige Junge, Miki, der Schmetterling, solche Leute verhaften würde. Dennoch – er schätzte unseren Mut. Nur wenn die Rede auf meine Freundin, die Dichterin, kam, gelang es Miki nicht, sein Schweigen zu unterdrücken. Es wurde immer lauter. Zwischenzeitlich war meine Freundin in Sultanas früheres, nun mein Zimmer so gut wie eingezogen.

»Kinder, ich verstehe euch wirklich nicht. Was findet ihr bloß an diesem Haus? Ich schäme mich seinetwegen, und ihr kommt jeden Tag und seid, wie mir meine Enkelin sagt, von dieser Ruine sogar ganz begeistert.«

»Ihr Haus ist wunderbar!«, die Augen meiner Freundin waren nie glanzlos, einerseits wegen des Alkohols, andererseits wegen ihrer Fähigkeit, Dinge zu erleben, die es gar nicht gab.

»Ach, was redest du da?! Was heißt hier wunderbar?«, lachte Ekaterini.

»Wenn ich es Ihnen sage – es ist ein echt serbisches Haus!«

Weder Großmutter noch ich verstanden die gesellschaftshistorische Bedeutung dieser Bewertung, aber wir fassten sie als Kompliment auf, in dem Sinne, dass das Haus nicht nur ein Schuppen sei. Es hatte also etwas Gewisses, nun »Serbisches«, wie meine Freundin sagte, mit der ich damals »Night In White Satin« hörte. Unser bester Freund schlief auch bei Reggae. Durch Belgrad dröhnten die Bands »Azra«, »Film«, »Ekaterina Velika« und »Idoli«. Bands, Sänger und Schauspieler aus aller Welt kamen in die Stadt. Wir nannten sie nicht »ausländische Gäste«, sondern einfach »Gäste« oder häufig nur bei ihrem Namen. Nur fünf Jahre später sollte meine Freundin, allerdings in ihrem Haus, zu mir sagen, ich sei nicht Serbin genug. Ich lachte: »Ist dir das wichtig?« Sie lachte aber nicht. Ihre Besuche an der Slavija wurden seltener, sie saß fortan in »serbischen Kaffeehäusern« mit »serbischen Dichtern«, verreiste »offiziell« ins Ausland, mit dem Flugzeug. Nur zehn Jahre waren seit dem Satz: »Das ist ein echt serbisches Haus!« bis zum Ausbruch des Krieges in Jugoslawien vergangen. Wer hätte das gedacht? Denn diese wunderbaren zehn Jahre dauerten, dauern noch an, mindestens hundertmal länger.

* * *

Das Leben der Frauen, wenn wir mit dieser immer zweifelhafteren biologischen Aufteilung einverstanden sind, ist nach wie vor unerforscht. In der Literatur wie auch in der Psychologie und den anderen Wissenschaften, die hauptsächlich von der Literatur lernen, wurde die Frau entweder von Männern oder in Bezug zu Männern betrachtet, beschrieben und analysiert. Die weiblichen Gemeinschaften blieben sprachlos, obwohl in ihnen sehr viel passiert, sogar mehr als in den vertikalen Aufstellungen Vater-Sohn, Sohn/Tochter-Vater-Mutter. Weibliche Erzählungen erinnern mehr an flache, horizontale Kreise, die sich überlappen und manchmal auch überdecken. »*Flat, flat, flat!*« – das ist alles, woran ich mich aus dem Gedicht »Drei Frauen« von Sylvia Plath erinnere. Interessant sind auch Details, wie zum Beispiel dass der Zyklus bei Frauen, die zusammenleben, sich mit der Zeit angleicht. Unter ihnen entsteht eine Verständnisebene, die für andere unzugänglich bleibt, während sie gleichzeitig miteinander konkurrieren und erst in solchen Gemeinschaften die Bedeutung der *Unverletzbarkeit der persönlichen Sphäre* entdecken. Eine Frau, die einmal das eigene Territorium erkannt hat, wird niemals mehr darauf verzichten und es unter allen Umständen verteidigen, gegen jeden, sogar die eigenen Kinder. Manchmal auch zu ihrem eigenen Schaden.

Ekaterini und ich haben im serbischen Haus vom ersten Tag an stillschweigend auf die Einhaltung der Diskretion geachtet. Der Öffentlichkeit, und das waren für uns in erster Linie Lucija, Luka, Ljubica, ihr Mann und die Kinder, blieben die Informationen darüber, wer Ekaterini und wer mich in meinem Zimmer besuchte, unzugänglich. Später, als drei Generationen in der Wohnung lebten, unterhielt jede mit jeder ein unterschiedliches Verhältnis. Ekaterini zum Beispiel fiel es nicht im Traum ein, Lucija von der unbekannten männlichen Person zu berichten, mit der sie auf dem Weg zur Toilette zusammenstieß und die aus meinem Zimmer gekommen sein musste. Und als Lidija einmal gegen Mitternacht im Slip und mit verkehrt herum angezogenem T-Shirt an ihre Tür klopfte und um eine Zigarette bat, stand Ekaterini sofort auf und bot ihr die ganze Schachtel an. Hätten ihre Töchter früher so etwas gemacht, wäre im ganzen Land und auch darüber hinaus kein heiler Kochlöffel mehr zu finden gewesen. Aber die Beziehung zu mir war etwas anderes, während sie ihre erzieherische Tätigkeit Lucija und Ljubica gegenüber uneingeschränkt fortsetzte.

»Warum hast du dich so im Haus vergraben – schau nur, wie du aussiehst! Du schuftest nur noch, glotzt in diesen Fernsehkasten und rauchst wie ein Schlot! Mensch, geh doch mal aus! Amüsier dich ein bisschen! Nimm dir ein Beispiel an uns beiden«, tadelte Ekaterini meine Mutter, wobei sie ausgerechnet mich als Vorbild für ein Benehmen hinstellte, das sie Lidija, als sie in meinem Alter gewesen war, strengstens verboten hatte.

Sie war der Meinung, dass sie sich als alleiniges Elternteil den Ruhestand voll verdient hatte, und schneiderte fortan nur noch Modelle für die Ewigkeit, wie wir ihre Kreationen nannten, spielte Karten und verreiste noch öfter mit ihren Freundinnen. Durchs Haus lief sie mit dem Zentimetermaß um den Hals, während sie sich schon morgens für ihre nachmittäglichen Ausgänge zurechtmachte. Auch in der Zeit, als die Inflation aus einem Laib Brot einen Millionenwert machte, nahm Ekaterini die Dienste eines Friseurs und einer Pediküre in Anspruch. Die Fingernägel pflegte ihr Lucija, die dabei immer ein und denselben Morgenmantel trug.

»Wann kaufst du dir endlich einmal einen neuen Schlafrock?«, sagte Ekaterini immer wieder, während sie auf ihre frisch lackierten Fingernägel blies.

»Wenn der Krieg vorbei ist!«, antwortete Lucija dann wütend.

»Ach, Kind, wenn du darauf wartest, wirst du ewig warten. Für mich ist das jetzt der vierte Krieg, und es fällt mir nicht im Traum ein, überhaupt auf etwas zu warten! Es gibt nur ein Leben.«

In der Dreizimmerwohnung hatte wir Frauen jede unser eigenes Zimmer, wobei zwei von uns auch sich selbst, ihre

Zeit und Privatsphäre hatten, während die dritte zwischen den Besorgungen, dem Anstehen in der Warteschlange, der Sorge ums Geld, den Kriegsberichten im Fernsehen, dem Weinen mit Freundinnen, deren Söhne an die Front geschafft wurden, dem Weinen scheinbar oder tatsächlich ohne Grund und den verworrenen Gedanken um Luka hin und her gerissen war.

Ekaterini hatte in ihrem Zimmer Metaxa für seltene Gelegenheiten. Bei mir wurde Whisky getrunken. Es gab auch Tauschgeschäfte – präzise eins zu eins. Mamas Wein stand auf dem Küchentisch, für alle. Die Beruhigungsmittel kamen etwas später ins Haus, nicht als Veränderung, sondern als Ergänzung jener Geschichte, die alle, nicht nur die serbischen Häuser betraf. Damals hatte man noch eine gewisse Wahl – eine Auswahl an Dopingmitteln. Doch auch die sollte bald verschwinden, dem Krieg geopfert werden, und die Nachbarschaft begann vor den Weinkellern Schlange zu stehen.

Die chinesische Methode

Ein Jugoslawien zerfiel schon, bevor der Präsident starb. Ständig wechselten sich irgendwelche Leute ab, Ministerpräsidenten irgendwelcher Länder, in welchen wir lebten, deren Bürger wir waren. Damals bereiteten sich die Präsidenten der ehemaligen Republiken vor, Präsidenten der Staaten zu werden, die es zuvor noch voneinander zu trennen galt. Der Bruch endete genau so, wie uns die westliche Welt sieht – auf Balkanart: mit einem Krieg. Wir haben damit bestätigt, dass wir ein geeignetes Polygon für dieses Filmgenre sind. Wir haben den Krieg live gespielt, professionell, ohne die Erwartungen der Millionen von Zuschauern des Films »Wag The Dog« zu enttäuschen. Das Interesse an Filmen über den Kalten Krieg war längst dahin. Die Szenarien von der Rettung Koreas vor sich selbst hatten sich in ständigem Autorecycling schließlich ganz aufgelöst. Der Krieg auf dem Balkan war frisches Animations-, Unterweisungs- und Unterhaltungsmaterial für die immer größer werdende Zahl der vom kleinen und großen Bildschirm Abhängigen. Die Produktion der Munition für diese beiden Bildschirmarten wurde wie fast alle anderen Waren des täglichen Gebrauchs nach Taiwan, China, Indien und natürlich Japan verlagert. Billigarbeitskräfte setzen die Teile zusammen, während die *Pax Americana* die zum Schnittmuster entwirft. Und so sieht, kurz beschrieben, die neue Welt-Schneiderwerkstatt aus.

Unabhängig vom Lauf der Geschichte war Ekaterini alt geworden. Ihr Bewegungsradius wurde immer kleiner, während sich die Vielfalt der Pillen, die sie am Leben hielten, proportional dazu vergrößerte. Der letzte Film, den sie im Kino sah, hieß »Supergirl«, ein Pendant zu »Superman«. Obwohl die Hauptrolle von Faye Dunaway gespielt wurde, einer Schauspielerin, die sie mochte, sagte Ekaterini mit Recht, der Film sei blöde und am besten habe ihr das Foyer des Kinos »Haus der Armee« gefallen. Wie alle Objekte, die dem Expräsidenten etwas bedeutet hatten, war auch dieses repräsentativ. Ekaterini lobte die bequemen Sessel und die hohen Aschenbecher aus Weißblech.

Als dieser Krieg begann, brauchte man nicht ins Kino zu gehen. Ein serbischer Medienmogul, der sich selbst Robin Hood nannte, hatte sich etwas einfallen lassen, um seinem Volk in schlimmsten Zeiten zu helfen. Er stahl ganz einfach die neuesten Filme vom Satelliten. Die Leute standen zwar nach Brot und Milch an, aber dafür wussten sie, dass sie daheim die neuesten Werke der Filmkunst erwarteten. Man konnte es sich bequem machen, eine Kapsel Bensedin einwerfen, ein Bierchen öffnen und nicht mehr und nicht weniger als die siebente Kunstgattung genießen. In den eigenen vier Wänden. Manche kritisierten dieses Konzept und sagten, das Volk werde absichtlich ruhiggestellt. Aber das erinnerte zu sehr an die Phrase »Opium für das Volk«, und damals störte sich niemand an Wiederholungen.

Wir wechselten uns ab. Die einen sahen sich Filme an, die anderen versanken in den Schlaf, Dritte schlichen bei Dunkelheit nach Rumänien und Ungarn, wo man damals Lebensmittel einkaufte. Der Schwarzhandel mit Lebensmitteln und Benzin brachte einen neuen Aspekt der Arbeitsweise. Ob sie wollten oder nicht, taten sich die Menschen zusammen und halfen einander. Weil Luka zwei Mal von Rumänen ausgeraubt worden war, folgerte Lucija, dass er »dafür nicht taugt« und es effektiver sei, wenn er an der

Bushaltestelle auf sie warte. Luka, für den naturgemäß sein persönliches Drama vor dem nationalen rangierte, hatte seinen privaten Frieden gefunden, jene Art von Gelassenheit, die, wenn man sie einmal erreicht hat, ewig bleibt. Nachdem er die Scheidung gerade so überlebt hatte, wurde er gegen Krieg, Geldmangel, Hunger und Ähnliches vollkommen immun. Er erlangte darin eine solche Perfektion, dass er sogar die Bombardierungen verschlief. Mit Leichtigkeit widerstand er einst großen Provokationen – Worten wie zum Beispiel: »Pass doch auf, du Blödmann!«, »Du Idiot, siehst du nicht, dass dein Klopapier in die Pfütze gefallen ist?!«, »Du bist wirklich zu gar nichts zu gebrauchen!«, »Was wäre erst, wenn du ein halbes Kalb aus Ungarn herschleppen müsstest?«, »Mensch, mach langsam mit diesem Eimer, ich habe doch nicht hundert Eier hergeschleppt, damit du Omelette daraus machst!« Er befolgte die Anweisungen und kümmerte sich nicht weiter um den Stil, in dem sie erteilt wurden. Er wusste, dass ein Tag nur vierundzwanzig Stunden hatte und alles vorüberging, wie sein Vater immer sagte. Man musste nur warten können.

* * *

Ekaterini konnte es nicht glauben, als sie hörte, dass ich nach Amerika gehe.

»Nach Amerika?!«, wiederholte sie, als würde sie einen Traum deuten, der einfach nicht zu deuten war.

»Oma, ich gehe hin, um Caroll zu besuchen. Und sie lebt zufällig in Amerika. Du weißt, dass ich nicht eine von denen bin, die *nach Amerika gehen*. So wie deine Hristina und Marika und was weiß ich wer noch.«

»Na und, die haben dort alles, was sie brauchen. Ihnen geht es gut. Sie kommen dort gut zurecht.«

»Ja, sie leben von Sozialhilfe.«

»Ja und? Wovon leben wir denn?«

Sie wusste, dass diese Frage unbeantwortet bleiben würde. Sie war eine Meisterin im Schachmatt, und obwohl sie es mir gegenüber selten anwandte, da sie in Lucija eine ideale Partnerin hatte, war sie der Meinung, dass diese Intervention notwendig war – zu meinem Wohle. Diplomatisch lobte sie alle hundertfünfzig Briefe und die dreißig Stunden, die Caroll und ich bis dahin am Telefon verbracht hatten, und fügte jedes Mal hinzu: »Sei vernünftig und sieh zu, dass du dort bleibst.«

Die grundsätzliche Wahrheit über Amerika ist, dass jeder sein eigenes Amerika hat. Es wird in unserem Bewusstsein aus Eindrücken gebildet. Meine erste Beobachtung war das Trauma des Rauchverbots. Während ich mich im Flugzeug langweilte, dachte ich daran, wie Ekaterini jetzt im Schlafrock und mit einem Tablett, auf dem ihre ganze Ausrüstung Platz hatte – ein Päckchen Zigaretten, Feuerzeug, Aschenbecher, ein Glas Wasser, ein Schälchen mit Medikamenten und die Fernbedienung –, entspannt durch die Wohnung ging. Der zweite Eindruck war eine Frage beziehungsweise die Unmöglichkeit einer Antwort. Als ich am ersten Morgen in Carolls wunderschönem Haus erwachte, zum Fenster hinaussah und mir eine Strategie zu überlegen begann, wie ich in dieser riesigen Schneemenge spazieren gehen könnte, danach im Pyjama, nach Kaffee suchend, ins Wohnzimmer schlurfte, war Caroll längst aufgestanden. Sie war bereits aus dem Fitnessstudio zurück, geduscht und für den neuen Arbeitstag gekleidet. Obwohl sie riskierte, zum ersten Mal in ihrem Leben zu spät zur Arbeit zu kommen, hatte sie auf mich gewartet, um mich nach einem raschen »Guten Morgen« zu fragen: »Und? Wie findest du Amerika?«

Plötzlich hellwach begann ich Schläfrigkeit zu mimen, mich mit dem Klimawechsel, dem Jetlag und allem, was mir noch einfiel, herauszureden. Es funktionierte nicht. Caroll stand mit der Aktentasche in der einen und dem Laptop in der anderen Hand in der Tür mit dem Gesichtsausdruck eines beleidigten Kindes. Sie verlangte eine bestimmte Antwort und war bereit, darauf zu warten, egal wie lange.

»Very nice«, sagte ich, um mich selbst von der Schuld eines möglichen Vergehens – ihres ersten Ausbleibens von der Arbeit – freizusprechen. Obwohl sie nicht zufrieden war, schätzte sie, dass sie nach einer solchen Antwort doch den Arbeitstag beginnen konnte. Als sie am Abend aus dem Büro kam, war ich schon vorbereitet. Ich hatte begriffen, dass ich für Caroll Geschichten erfinden musste, bei welchen sie ihre Fragen vergessen würde. Etwas wie das System des »filmischen Opiums«, nur wesentlich schwieriger, weil jeder Tag eine neue Geschichte erforderte. Amerika war undenkbar ohne Premieren – ohne große Storys. Amerikanische Tage und *arabische Nächte*.

Nur eine Geschichte wollte sie immer wieder hören. Caroll, die sich selbst bis dahin als äußerst mutig betrachtet hatte und somit auch als eine frei denkende Amerikanerin, konnte nicht glauben, dass sich Großmutter und Enkelin zusammen Pornofilme anschauen. »Hardcorepornos«, verbesserte ich sie dann und erklärte, dass auch solche Filme, die jede Nacht gegen ein Uhr gesendet wurden, ein Teil der Politik seien, ein ärmlicher Ersatz für noch ärmere Massen, ein Betäubungsmittel, nach welchem man, wenn schon nichts anderes, wenigstens gut schlafen kann. Meine Erklärungen schmeckten ihr nicht, »all diese so ernsthaften Dinge«, aber sie wartete immer geduldig auf diese Geschichte:

Mama rannte tagsüber durch die Gegend, um Essen zu besorgen, nachts werkelte sie im Haus. Nach Mitternacht war ihre Abwaschzeit. Großmutter gab die Fernbedienung nicht aus der Hand, zappte durch alle Kanäle und betrachtete gleichermaßen interessiert wie wahllos irgendwelche bewegten Bilder. Ich las, sah ab und zu zum Fernseher, ob doch noch etwas Unterhaltsames käme. Es wäre falsch zu sagen, dass uns das Machwerk mit dem Titel »Die chinesische Methode« interessierte. Es war einer jener dummen Filme, in die man sich nicht unbedingt vertiefen musste. Wir alle lechzten nach solchen Augenblicken. Die Handlung verlief langsam, weil die pornografischen Szenen sehr detailliert ausgewalzt wurden. Sie hätte in einen Satz gepasst: Auf der Suche nach einer chinesischen Methode des Liebesaktes geht die Heldin von Hand zu Hand, von Glied zu Glied und lernt überall ein wenig dazu. Ekaterini rauchte seelenruhig, wobei sie einen idealen Schwebezustand zwischen dem Abspulen der eigenen Gedanken und dem Aufnehmen der Fernsehbilder, die sie, ohne die Untertitel zu lesen, verfolgte, erreicht hatte. Mir jedoch behagte die gewisse Gleichgültigkeit, die mir der Film die ganze Zeit über verschaffte. Als auf dem Bildschirm ein vergrößertes männliches Glied erschien, aufgenommen aus einem Winkel, dass der unkundige Zuschauer hätte denken können, es handle sich um eine Felsklippe oder ein Nashorn oder irgendein Teil von irgendetwas, betrat Mutter das Zimmer, um Ekaterinis Geschirr vom Abendessen wegzuräumen.

»Was schaut ihr euch denn da an?«

Schweigen.

»Ich frage, was ihr euch da anschaut.«

»Keine Ahnung«, antwortete ich, weil es Ekaterini nicht im Traum einfiel, den Blick vom Bildschirm zu wenden.

»Mein Gott, Mama, du bist wirklich völlig verblödet! Du starrst auf etwas, ohne zu wissen, was es ist!«

»Weiß ich wohl.« Ekaterini verzog leicht den Mund, was bedeutete, dass ihre Tochter ihr auf die Nerven ging. Aber entweder merkte Lucija nichts, oder sie wollte es nicht sehen, wie auch immer.

»Na gut, was schaut ihr?« Sie stand mit dem Geschirr in den Händen, von denen der Spülschaum tropfte, während auf dem Bildschirm wie festgefroren immer noch dasselbe Bild flimmerte.

»Wir sehen uns ›Die chinesische Methode‹ an«, sagte Ekaterini, diesmal aber stolz.

»Unglaublich!«, kommentierte Mama für alle Fälle, um zu betonen, dass wir faulenzten, während sie arbeitete.

Caroll bat mich, diese Geschichte bei allen Partys zu erzählen, nur damit sie sie noch einmal hören konnte, sogar bei Familientreffen – diesen mehr oder weniger stummen Dokumentarfilmen über den amerikanischen Konservatismus. Die Reaktionen waren meistens ähnlich – mildes Entsetzen und Gelächter. Einzig Tante Mary verurteilte so eine Familienbeziehung, die sie, wie sie uns erklärte, anhand dieser einen Geschichte gänzlich durchschaut und begriffen hatte. Bedeutungsvoll fragte sie mich: »Sind deine Eltern geschieden?« Sie wusste, dass sie es waren. »Sie sind glücklich geschieden (happily divorced)«, versuchte ich sie zufriedenzustellen. »Bitte?«, Tante Mary war noch mehr verwundert, wobei sie es zu einem Prozent auf die Möglichkeit schob, dass mein Englisch doch nicht so perfekt war. »Ich meine, sie sind erfolgreich geschieden (successfully divorced)«, lautete meine ergänzende Antwort, nach welcher der Verdacht über meine Sprachkenntnisse beseitigt war, sich dafür aber ein ganzes Spektrum überwiegend moralischer Fragen auftat.

Wenn man aus Amerika zurückkommt, wird man zwangsläufig gefragt, warum man zurückgekommen sei. Niemand fragt die, die dort blieben, warum sie geblieben sind; das versteht sich von selbst. Am besten antwortet man das Erste, was einem in den Sinn kommt. Denn Amerika kann man ohnehin nicht verstehen, wenn man nicht eine gewisse Zeit dort verbracht hat. Und meine Geschichte über den dramatischen Abschied (dramatically separated) von Caroll klang erst recht, als sei ich völlig verrückt geworden. Was nicht ausgeschlossen ist. Ich bin gegangen und habe ihr meine Geschichten dagelassen. Ich stelle mir vor, wie sie auch heute noch lacht, wenn sie sich an die chinesische und andere Methoden erinnert. Ich bin weggegangen, weil ich keine Amerikanerin werden wollte – ich war nicht interessiert an einem »neuen Leben«, das damit beginnt, indem man das »alte« abstreift. Wie auch immer, meine Zeit in Amerika und mit Caroll war der beste amerikanische Film, den ich nicht nur gesehen, sondern in dem ich auch mitgespielt habe. Ekaterini lebte von meinen Briefen; sie öffnete sie feierlich, zündete sich dabei rituell eine Zigarette an, die nur diesem Ereignis gewidmet war.

It's All Greek To Me

Ehrlich gesagt, Phrasen erhalten jede Sprache am Leben. Zu vieles ist anfällig für Veränderungen, während phraseologische Konstruktionen doch sehr auf sich bedacht sind. Caroll war nach Griechenland mitgekommen, nur um sich davon zu überzeugen, dass ich mit ihr nach Amerika zurückkehren würde. Eine andere Entscheidung fürchtete sie zu Recht. Nicht nur wegen der Bombardierungen und dieses ganzen, wie sie sagte, »Syndroms, das keiner außer euch verstehen kann«, sondern auch aufgrund der Tatsache, dass ich mit der Landschaft am Meer, mit den Bergen, Oliven und griechischen Diminutiven immer mehr verwuchs. Ich, *Merula*, hätte mich schämen können, wie sehr ich auch damals diese Umgebung genoss. Caroll knipste ständig alles mit ihrem Fotoapparat und zählte die »Stiche«, wie sie sie nannte, der Quallen und Schnaken auf ihrer Haut. Im Flugzeug teilte sie mir schließlich die endgültige Zahl mit – 21. In Amerika rief sie in aller Eile ihre Verwandten und Freunde zusammen und führte ihnen die Slideshow über ihren Aufenthalt in Griechenland vor. Der Titel lautete: »It's All Greek To Me«. Bei uns sagt man: »Das kommt mir alles spanisch vor.« Die Spanier sagen: »Me suena a chino.« Der Name eines anderen Landes ist oft ein Synonym für das Nirgendwo. *Nomen*.

* * *

Büchern, Filmen, lebenden Zeugen und der Wissenschaft zum Trotz gibt es Dinge, die man nur erfahren kann, wenn man sie erlebt. In der Regel sind es die wichtigsten. Die Journalisten nennen sie »die entscheidenden Momente«, die Geschichte »Epoche des Umbruchs«, das einfache Volk kämpft ums Überleben und hat keine Zeit, sich eine Bezeichnung auszudenken. In weniger schweren Zeiten fürchten sich die Menschen vor Krankheiten. »Mögen wir nur leben und gesund sein!«, begrüßen sie sich auf der Straße oder am Telefon. Die Kriegslosung ist einfacher: »Gott sei Dank, wir haben auch diesen Tag überlebt.«

»Jeder Tag ist ein Fest«, habe ich auf einer Zigaretten- schachtel in irgendeinem Wartezimmer notiert. Ich weiß nicht, ob ich diesen Satz, wie die Schriftsteller sagen, für ein Buch »verwendet« habe. Ich weiß nur, dass es einer der wenigen ist, an die ich mich erinnere, sie aufgeschrieben zu haben. Fremde Worte gehen mir viel besser ins Ohr. Ich lebe ganz bequem mit Zitaten. Während meines Studiums in Amerika bemerkte ich, dass in allen sogenannten Human- wissenschaften das Hauptthema *der Tod des Autors* ist. Als Urheber dieser Idee gilt Michel Foucault. Professor Gudson sah es als seinen größten akademischen Erfolg an, Foucault persönlich gekannt zu haben. Und während er leidenschaftlich immer dieselbe These vom Sieg des Diskurses über den Text variierte, erinnerte ich mich an meine Freundin, die Dichterin, und an unsere Spaziergänge an der Donau. Sie ist eine der wenigen, die auch heute nicht der Auffassung sind, dass Prosa ernsthafter sei als Poesie, dass die Poesie wie eine Kinderkrankheit sei und mit der Reife des Satzes geheilt werde. Mirjana Božin ist viel zu erhaben, als dass sie sich mit etwas anderem als der Haiku-Poesie beschäftigen würde. Sie ist eine Lebens- künstlerin – es gelingt ihr, zuerst zu erkennen, dann diesem, nur ihrem Pfad zu folgen und mit einem Lächeln den »ge- sellschaftlichen Strömungen« und »neuesten Trends« zu widerstehen. Ich erinnerte mich an sie, während Gudson mit Hilfe von Foucault alle Autoren außer den chinesischen zu Grabe trug. Er erinnerte sich nicht einmal mehr an ihre Namen. Viele Jahre vor diesem Begräbnis hatte Mirjana, als sei dies längst selbstverständlich, gesagt, alle Poesie sei im Grunde *Volkspoesie*. Ich habe sie in meiner Magisterarbeit »Über die Identität in Grenzbereichen« zitiert.

An diese Arbeit erinnere ich mich wegen der Bombardierungen Jugoslawiens. Während ich mein Studium beendete, begann der Angriff auf mein Land. Es folgten Schmerzen im Augenlid, danach auch der Verlust von fünfundsiebzig Prozent der Sehkraft meines linken Auges. Caroll brachte mich zum besten Augenarzt, die Untersuchung dauerte anderthalb Stunden. Der Arzt diktierte seiner Sekretärin: »Die Patientin steht unter großem Stress. Sie ist Serbin. Beschädigung des Augennervs. Entwicklung verfolgen.«

Von dem Tag an begann ich zu beobachten, dass sich Menschen in schwierigen Situationen ausschließlich in Monologen ausdrücken. Gefangen in der Falle der Überzeugung, dass sie ihre eigene Meinung, ihren Standpunkt und ihr Urteil haben müssen, merken sie gar nicht, dass es ihnen dadurch nur noch schlechter geht; sie hören die anderen nicht.

* * *

Lucija: »Ich sage seit Monaten, dass die uns bombardieren werden, aber du behauptest das Gegenteil! Also, hast du es jetzt gesehen?! Was sagst du nun?!«

Luka: »Ach, das ist nichts; die wissen, was sie tun.«

Professor Gudson: »Das ist unverschämt!«

Carolls Vater: »Vermutlich ist es notwendig.«

Carolls Mutter: »Die Welt ist verrückt geworden.«

Caroll: »Ich schreibe an Clinton! Und du musst deine Eltern nicht morgens und abends anrufen. Einmal am Tag genügt; du wirst es schon erfahren, falls etwas passiert.«

Ich: »Was?!«

Ein Teil der Serben in Amerika: »Wir machen sie fertig!«

Der andere Teil der Serben in Amerika: »Ruf mich nicht an. Ich ruf dich an, wenn ich reden kann.«

Die meisten Amerikaner: »Wo liegt dieses Kosovo? Bombardieren sie in der Nähe deines Hauses? Wir beten für deine Angehörigen.«

Patricia, eine Freundin aus Zimbabwe: »Ich habe gehört, dass bei uns auch Krieg ausgebrochen ist.«

Latinos: »Wir wissen, wie das ist. Es lebe der Frieden!«

Noam Chomsky: »Noch eine Demonstration von Amerikas militantem Humanismus.«

Tante Mary: »Komm Ostern zu uns, es wird dir guttun, weniger zu grübeln.«

E-Mail aus Belgrad: »Gut, dass du nicht hier bist.«

E-Mail aus Belgrad: »Schade! Du versäumst viel!«

E-Mail auf Serbisch: »Ich lebe von deinen Briefen.«

Panajotis, Ekaterinis Cousin aus Thessaloniki: »Schick sofort deine Eltern und die Tante hierher! Ich hab jemanden gefunden, der Visa besorgen kann.«

Ich: »Ihr habt einen Tag Zeit, um eure Sachen zu packen – morgen fahrt ihr nach Griechenland!«

Lucija: »Ich gehe keinen Schritt von hier weg! Uns soll es nicht besser gehen als allen anderen! Und überhaupt, wer soll auf die Wohnung, auf deine Bibliothek aufpassen?«

Luka: »Ich will, aber sie will nicht.«

Ekaterini: »Hört wenigstens einmal im Leben auf euer Kind.«

Die Grenze

Als sie hörte, dass sie nach Griechenland ginge, hörte sie auf, sich vor dem Tod zu fürchten. Sie beachtete die Sirenen und Bomben nicht weiter und ignorierte Lucijas Gejammer, es sei besser, sie gleich umzubringen, anstatt sie so zu quälen. »Man quälte *sie*? Nur sie – ihre Tochter. Typisch«, dachte Ekaterini, aber auch diesen Gedanken vergaß sie so schnell wie die seit Jahrzehnten festgelegte Reihenfolge der Medikamente für das Herz und den Blutdruck.

Sie befreite sich von der Angst vor dem Ende, der Angst vor der Angst. Sie durfte nicht zugeben, wie wunderbar sie sich in jenen Tagen fühlte, und ließ ihre Tochter in der Überzeugung die Koffer packen, dass sie, ihre Mutter, nun endlich unempfindlich gegen Kriege geworden sei, dass ihr das Leben schon seit Langem nicht mehr wichtig sei und sie nichts auf der Welt vom Fernseher wegreißen könne. Sie hörte Lucijas Worte wie aus der Ferne, und dort blieben sie auch. Und wieder einmal wurde sie vom Reisefieber ergriffen, wie früher, vor den Herz- und Kreislaufmitteln, vor Lucijas unbarmherzigem Regime, das bis ins Detail durchdacht war, um die Mutter um jeden Preis am Leben zu erhalten. Aber diese Reise, ahnte Ekaterini, unterschied sich von allen vorherigen. Sie kündigte sich wie eine Belohnung an – als habe sie all die Jahre genau um dieser Reise willen ertragen, die sich in Vorahnungen, aber vollkommen deutlich als *Heimkehr* ankündigte.

* * *

»Mama, hast du alles dabei?«
»Ja doch.«

»Woher weißt du das, wenn du gar nicht nachgesehen hast, was ich dir eingepackt habe?«

»Du machst dir zu viele Sorgen, mein Kind. Ich habe alles, was ich brauche.«

»Hauptsache, du hast deine Hausschuhe! Du wirst sie doch wohl nicht anbehalten wollen?«

»Du hast doch gesagt, dass wir ein Taxi nehmen. Und an der Grenze wartet Panajotis auf uns, er hat doch diesen großen amerikanischen Wagen. Warum soll ich mir dann drückende Schuhe anziehen?«

»Aber diesen Schlafrock könntest du wenigstens ausziehen, das geht doch wirklich nicht.«

»Ach was, wer guckt schon, was eine alte Frau anhat? Lass mich. Und du entspann dich, du bist viel zu nervös.«

»Oh ja, wirklich eigenartig, dass ich so nervös bin! Uns fallen ja auch bloß Bomben auf den Kopf, ich organisiere die ganze Reise, muss Luka auch noch mitnehmen, weil *seine* Tochter es befohlen hat – alles überhaupt kein Grund, nervös zu sein!«

»Es wird alles gut. Du wirst sehen. Panajotis wird uns ans Meer fahren. Und deine Tochter kommt. Alles hat auch eine schöne Seite.«

»Ja, ja! Nur dass es immer mir zufällt, mich mit der anderen Seite herumzuschlagen, weshalb ich die schöne nie erreiche!«

Auf ihre Art hatte Lucija recht. Vor der Bombardierung hatten sie beide Grippe gehabt. Sie musste trotz hohen Fiebers die Rezepte abholen, weil der ärztliche Notdienst so viele Anrufe bekam, dass amtlich verfügt wurde, über Fünfzigjährige sollten sich allein helfen. Von der Krankheit benommen, besorgte sie in aller Eile die Medikamente, musste jedoch von Apotheke zu Apotheke laufen, weil keine alles auf Lager hatte. Die Nachbarn halfen, aber wenn ansteckende Krankheiten und große Unglücke hereinbrechen, kann man von niemandem erwarten, dass er sich aufopfert. Eine Nachbarin brachte ihnen zwei Tage lang Lebensmittel ins Haus. Am dritten Tag ging Lucija in die Winterkälte hinaus und stellte sich in die Warteschlange. Sie hatten keinen Appetit und knabberten zwei Tage lang an einer Hähnchenkeule. In dieser fatalen Symbiose war es unmöglich zu sagen, welche von ihnen als Erste zu dem Schluss kam, dass alles egal war. Wozu überhaupt leben? Die Bombardierung, die bald folgen sollte, brachte keine Antwort. Sie verwandelte diese Frage nur in eine Feststellung.

Lucija lebte plötzlich auf, als sie Luka mit drei Reisetaschen erblickte.

»Mensch! Du bist wirklich nicht normal! Wir begeben uns auf die Flucht, nicht in die Emigration! Hast du überhaupt noch etwas hiergelassen?«

Luka schwieg. Aber wenn jemand während ihres viermonatigen Exils zum Beispiel sagte: »Wo soll ich jetzt bitte schön Nadel und Faden hernehmen?« oder »Ach, hätt ich nur noch eine zweite Dscheswa!« oder »Jetzt könnte ich dieses kleine, ganz scharfe Messer gut gebrauchen« oder »Wo soll ich dir jetzt ein Schmerzpflaster herzaubern?«, kramte Luka wortlos in seinen Taschen und fischte wie ein Magier die genannten Gegenstände heraus.

Nachdem sie sich allen physikalischen Gesetzen zum Trotz in den VW Golf gezwängt hatten, bekreuzigte sich der Taxifahrer und ließ den Motor an. Bis zur Grenze hatten sie zweihundert D-Mark vereinbart. Lucija hatte es geschafft, von den kleinen Beträgen, die ich ihnen per Post geschickt hatte – manchmal zehn, manchmal zwanzig Dollar, wovon mindestens die Hälfte in geheimen Postkanälen verschwunden war –, vierhundert zu sparen. Trotz ständiger Warnmeldungen erreichten sie irgendwie Dimitrovgrad. Von dort aus konnten sie Bulgarien sehen und Griechenland erahnen.

Die Verhandlungen mit den bulgarischen Grenzbeamten dauerten fünf Tage. Offiziell waren die Grenzen, bis auf die ungarische, durchgehend geschlossen. Niemand konnte das ehemalige oder damalige Jugoslawien verlassen, wenn er nicht einen weiteren Pass als den jugoslawischen besaß. Jenseits der Grenze wedelte Panajotis mit den Schengen-Visa. Vergeblich. Lucija erklärte, dies sei das Dümmste, was sie je im Leben getan habe – Belgrad zu verlassen, um an der bulgarischen Grenze zu enden. Ekaterini wusste, dass es nur eine Frage der Zeit war, wann sie auch diese Grenze überwinden würde.

Luka hatte keine Zeit zum Nachdenken. Er hatte Verpflichtungen. Neben dem regelmäßigen Besuch am Grenzübergang und kleinen Besorgungen musste er seine Schwiegermutter, mit der er davor zehn Jahre lang kein Wort gewechselt hatte, zu jeder Mahlzeit ins Restaurant begleiten. Für die drei Stockwerke durchs Stiegenhaus brauchten sie manchmal fast eine Stunde. Und obwohl sie immer noch Pantoffeln und Schlafrock trug, benahm Ekaterini sich wie ein Gast im vornehmsten Hotel. Sie blieb stehen, grüßte jedes Zimmermädchen und fragte höflich nach dem Befinden. Sie lächelte allen zu. Am Tisch saß sie aufrecht, aß langsam, achtete darauf, nach jedem Bissen die Serviette an den Mund zu führen. Sie trank ausschließlich Wasser. Im Zimmer wartete der Metaxa.

Am vierten Tag kam Luka allein aus dem Restaurant zurück.

»Was ist mit Mama passiert?«, schrie Lucija auf.

»Oma ist verrückt geworden.«

»Wie ›verrückt geworden‹? Wo denn?«

»Sie will einen Schwamm und eine Zahnbürste.«

»Was soll das heißen?«

»Sie hat mir gesagt, ich soll dir ausrichten, dass sie nicht aufs Zimmer kommt, wenn wir ihr nicht einen Schwamm und eine Zahnbürste kaufen. Ich bin nur der Bote.«

»Ist sie noch normal?«

»Soll ich schnell runterlaufen und sie fragen?«

»Ach, du und deine Witze, das fehlt mir gerade noch! Das ist für mich schlimmer als die Bombardierungen! Dabei hatte ich mich in den letzten zehn Jahren so schön beruhigt.«

»Was sollen wir machen?«

»Geh in den Laden und kauf ihr, was sie verlangt – mach, was du willst, aber bring sie bloß wieder zurück ins Zimmer! Und dann soll sie mir mal sagen, wie sie im kalten Wasser baden will!«

»In der Küche machen sie schon einen Topf mit Wasser für sie warm.«

»Ihr seid wirklich nicht normal! Nein, *ich* bin verrückt! Verrückt, weil ich euch all die Jahre ertrage! Los, geh schon – und komm so schnell wie möglich zurück, damit auch das ein Ende hat!«

Am fünften Tag kamen sie ohne Probleme über die Grenze. Lucija konnte es kaum glauben. Ekaterini jubelte, weil sie sauber und mit frischem Atem ihr Land betrat. Luka schleppte die Koffer und Taschen. Bis zu Panajotis' Chrysler-Jeep gingen sie zu Fuß. Sie verloren keine Zeit für Umarmungen und Küsse, das hoben sie sich für später auf, damit es sich die Bulgaren nicht anders überlegten. Als sie die Grenze hinter sich gelassen hatten und schon längst auf dem Weg zur anderen waren, bat Lucija den Cousin um sein Handy und rief mich an. Panajotis ließ eine CD von Theodorakis laufen, damit sie sich beruhigte. Luka sah zum Fenster hinaus und beschrieb mir später bei unseren Spaziergängen an der Uferpromenade lebhaft alle Landschaftseindrücke. Ekaterini bat bescheiden um eine griechische Zigarette.

Tuzla

Der Chrysler brauste die nordgriechische Küste entlang. Der Cousin wollte sie unterhalten, ihre Gedanken von ferngesteuerten Raketen, Sirenen, unsichtbaren Flugzeugen, der Grenze ablenken. Er erzählte, er habe einen Rallyefahrerkurs absolviert, und demonstrierte, dass es sich sein Diplom verdient habe. Er sang zusammen mit Pavarotti, dessen CD er anschließend speziell für Lucija laufen ließ, in der Hoffnung, dieser würde besser auf sie wirken als Theodorakis, und überholte einen Wagen nach dem anderen, raste auf den nächsten zu, wenn sie einmal für einen Moment allein auf der Strecke waren. Lucija betete, dass sie auf dieser verrückten Küstenstraße nicht verunglückten wie die etwa einhundertsiebzig Griechen, welche laut Statistik aufgrund dieser Fahrweise jeden Sommer dieses Schicksal ereilte. Sie dachte über eine Einteilung menschlicher Tragödien in dumme und weniger dumme nach. Panajotis genoss es, auf die verschiedensten Knöpfe zu drücken, erklärte detailliert irgendwelchen in diesen Wagen eingebauten Schnickschnack, prahlte damit, dass ihn sogar die Popen vom Heiligen Berg bestellten – so toll war dieses und nur dieses Auto –; er redete ohne Unterlass. Die Griechen haben die Gabe, sich richtig zu freuen. »Wir sind alle Kinder von Piräus«, dachte Ekaterini, während sie trotz des aufdringlichen Vanillearomas, das der tannenbaumförmige Anhänger am Rückspiegel verströmte, die Luft am Fenster einatmete, um den Duft des Meeres zu spüren.

»Orfani ist ein wunderschöner Ort, ihr werdet sehen! Frieden und Stille – genau das, was ihr jetzt braucht«, ermutigte Panajotis sie, damit sie noch die hundertzwanzig Kilometer bis Thessaloniki durchhielten.

»Mama, wie geht es dir?«, fragte Lucija streng, auf Serbisch.

»*Mia hara*«, antwortete Ekaterini, was so viel wie »ausgezeichnet« bedeutet.

»Natürlich – dir schmeckt in Griechenland sogar Scheiße süß«, sagte Lucija vorsorglich murmelnd, denn Panajotis schnappte Fremdsprachen förmlich im Flug auf, viel schneller als Luka.

»Und wie viele Pferdestärken hat dieser Jeep? Frag ihn mal«, überwand sich Luka und bat Lucija um Übersetzungshilfe.

»Ist mir scheißegal, soll ich jetzt etwa auch das noch dolmetschen?!«

»Was er sprechen?«, fragte Panajotis lächelnd , zusätzlich aufgeregt, wann immer er Lukas Stimme hörte. Wie bei vielen jungen Männern, die ihn aus der Dorćoler Zeit kannten, genoss Luka auch bei ihm den lebenslangen Status eines Idols.

»Er fragt nach irgendwelchen Pferden«, übertrug Lucija nervös. »Aber keinem fällt ein, das Kind anzurufen! Die Arme sitzt irgendwo in der amerikanischen Wildnis und macht sich Sorgen. Gib mir bitte dein Handy!«

»Hier!«, Panajotis überschritt alle Grenzen mit demselben Lächeln und einer Geschwindigkeit von einhundertvierzig Stundenkilometern. »Sag ihr, dass wir nach Tuzla fahren!«

»Ach was, ich sag ihr, dass wir über die bulgarische Grenze sind und jetzt nach Griechenland fahren. Wieso Tuzla? Das Kind wird womöglich denken, man habe uns nach Bosnien deportiert!« Lucija kam allmählich zu sich.

Sie fand sich mit ihrer gegenwärtigen Rolle ab – mit der der einzigen vernünftigen Person, die immerzu von leichtsinnigen und kindischen Menschen aus verschiedenen Ländern umgeben war.

* * *

Sie sehnten sich nach irgendetwas, das an ein Heim erinnerte. Nach einem friedlichen Wachwerden am Morgen, einem Bett, das den ganzen Tag ungemacht bleiben durfte, nach einem Morgenkaffee und jenem verschlafenen Blick, der den Traum und die Wirklichkeit allmählich trennt. Und nach nur einem einzigen unverplanten Tag, ohne nachzudenken zu müssen. Nach mehr solchen Tagen. »Was hab ich nur falsch gemacht, dass ich das ganze Leben in einem solchem Chaos und auf der Straße verbringen muss?«, fragte Lucija sich ernsthaft. In dem Moment bogen sie ab, und ein Schild mit der Aufschrift Tuzla wurde sichtbar. Die drei zuckten zusammen, während Panajotis auflachte und erklärte: »Keine Sorge, dieser Name stammt noch von den Türken. Die Behörden haben den Ortsnamen schon vor mehreren Jahren geändert, aber sie schaffen es einfach nicht, das Schild auszutauschen.«

»Genau wie bei uns«, sagte Lucija und dachte an die Trägheit der Belgrader Behörden, was Verkehrsschilder anging.

»Noch schlimmer!«, wie die meisten Griechen verteidigte Panajotis Belgrad, dieses *Veligradi* – wenn es sein musste, sogar den Belgradern gegenüber.

»Ach, hör doch auf, Jugoslawien zu idealisieren, das gibt es nicht mehr. Es ist untergegangen. Und schau, wie ihr euer Land aufgebaut habt, als wäre ich zum ersten

Mal hier, alles ist neu!«, Lucija war immerhin die ältere Cousine. Jetzt, wo sie ihm eine Lektion zu erteilen begann, fühlte sie sich plötzlich besser.

»Das ist richtig! *Ellada, Elladica!* Es gibt kein schöneres Land auf Erden! Und gleich danach kommt Serbien, Belgrad!«, überschlug sich Panajotis.

»Was liegt dort, hinter jenen Bergen?«, fragte Luka.

»Türkei«, Panajotis wurde plötzlich mürrisch.

»Und hinter denen da drüben?«

»Albanien«, nach dieser Antwort drehte der Cousin Pavarotti bis zum Anschlag auf und konzentrierte sich aufs Fahren.

* * *

Als sie sich zum ersten Mal auf der Veranda unter die Weinlaube setzte und jenen starken Duft verspürte, diese Mischung aus dem Geruch des Meeres, der Oliven, der Auberginen, die die Nachbarin Georgia gerade zubereitete, und schließlich des Schälchens Kaffee, vorschriftsmäßig mit Untertasse, Wasser und Süßigkeiten serviert, wusste Ekaterini, dass sie endlich angekommen war. Dieses Gefühl lässt sich nicht beschreiben, im Gegenteil, es macht das Bedürfnis nach irgendwelchen Worten sinnlos. Menschen, die nicht im Ausland gelebt haben, aber gereist sind, nennen das für gewöhnlich »Heimkehr«. Die Nachbarin Georgia war noch nie weiter als bis Thessaloniki gekommen. Als sie in Orfani, das den Straßenschildern nach immer noch Tuzla hieß, zum ersten Mal Ekaterini sah, wie sie vom frühen Morgen an auf der Veranda meditierte, hätte sie weinen können. Vor Glück? Vor Rührung? Wer weiß. »Schau, wie sie es genießt, wieder in ihrem Land zu sein!«, sagte sie zu Panajotis, der für sie jetzt nicht mehr nur der Nachbar Nummer eins war, sondern ein echter Held, weil er so ein gutes Werk vollbracht hatte.

Ekaterini saß still da, betrachtete von Zeit zu Zeit die Blumentöpfe mit dem Basilikum oder die ums Haus schleichende Katze oder die Kinder mit Bällen und Taucherbrillen, hörte, wie sie mit ihren jauchzenden Stimmchen *Thalassa*, das Meer, aussprechen, und schaute gleichermaßen entspannt sowohl auf ihre Fußnägel wie auf die flüchtig auftauchenden Erinnerungen. Sie war mit jedem Moment der Eindrücke um sich herum und jenen in ihrem Inneren verbunden. Sie wandte sich dem Schmetterling, dem kaputten Wasserhahn, dem Innenhof, den Flugzeugen und ihrer Mutter zu. Sie konnte wieder mehrere Stimmen gleichzeitig hören, ebendeshalb, weil sie es nicht musste, sie musste überhaupt nichts mehr.

Es gibt kein Wort für dieses einzigartige Gefühl der gesamten Existenz, wenn es einem glückt, *alles gleichzeitig* zu fühlen. Genauso wenig kann man das Leben in der Fremde erklären. Als Fremder hofft man nur, dies eines Tages zu erleben, und findet sich so letztendlich damit ab, versöhnt sich das ganze Leben über mit der Wahrheit, dass das Zuhause nur noch in den verworrenen nomadischen Erinnerungen existiert. Diese Erinnerungen jedoch werden von der Fantasie aufrechterhalten, oft auch von völlig bewusst Erfundenem und den süßen Siegen, wenn wir es schaffen, unsere Nächsten zu überzeugen, dass es genau so war wie in unseren Erzählungen. Nomaden leben von Geschichten. Und nur in den Geschichten fühlen sie, dass sie existieren. Ekaterini konnte sich endlich ihren Sinnen überlassen. Und die Sprache hörte sie als Melodie, vertraut, angenehm, doch eine, die jemand anderer summt.

»Zum Papagei«

Als schließlich auch ich eintraf, waren sie alle inzwischen heimisch geworden in dem kleinen Fertighaus, dessen Veranda der meistbewohnte Platz war. Sie hatten dieselben Kleider an, die sie auch in Belgrad trugen. Als hätte ein Raumschiff sie aus ihrem Wohnzimmer ans Meer verfrachtet, ging es mir durch den Kopf. Nur dass Ekaterini nicht auf den Fernseher starrte, sondern jedes einzelne noch so kleine Detail der Szenen um sich herum beobachtete. Wenn ein Militärflugzeug im Tiefflug mit derselben Geschwindigkeit verschwand, mit der es aufgetaucht war, schmunzelte sie genauso, wie wenn sie eine Fliege bemerkte und dann neugierig ihren scheinbar ziellosen Flug verfolgte. Lucija hielt die Stellung in der Küche und murmelte vor sich hin. Luka wässerte den Garten.

»Oma, warst du schon am Strand?«
    »Nein. Lucija hat einfach keine Zeit, meine Füße schön zu machen. Ich will nicht mit so langen Nägeln ausgehen. Was sollen die Leute sagen, wenn sie mich mit diesen Krallen sehen?!«, sie sprach den letzten Satz etwas lauter aus, damit Lucija ihn hörte, die in der Küche stand, völlig absorbiert vom Geräusch des siedenden Öls, dem Rauch der brutzelnden Fische und ihren rhythmisch ausgestoßenen Flüchen. »Verfluchtes Leben im Exil!«, sagte sie gerade, als sie hörte, dass ihre Mutter wieder die Pediküre erwähnte. Schneller als das modernste Projektil schoss sie aus der Küche heraus.
    »Also wirklich, Mama, wie komme ich dir eigentlich vor?! Los, sag, was schulde ich dir noch, was hätte ich noch tun sollen und habe es nicht getan?!«, fragte sie verzweifelt.

Auf die Lösung stieß ich zufällig, beim Spazierenge-
hen, wo sich oft auch alles andere ergibt. Das Café »Zum
Papagei« hob sich wie alle wirklichen Orte durch nichts
Besonderes ab. Im Gegenteil, es lag eingebettet in eine
Reihe anderer Cafés in der einzigen Straße von Orfani
oder Tuzla. Es war reine Intuition. Ich schlenderte in den
Garten des Cafés, ohne die Absicht, irgendwo stehen zu
bleiben oder mich zu setzen. Ich schnappte die verächt-
lichen Bemerkungen einiger junger Einheimischer über
mich, die »Amerikanerin«, auf. Sie benahmen sich frei-
mütig in ihrem Land, in ihrer Sprache, die wirklich nur
wenige verstehen. Die Annahme, dass ich als Amerikanerin
nicht Griechisch spreche, war vom Standpunkt dieser
ländlichen Nichtsnutze aus betrachtet absolut nachvollzieh-
bar. »Wie kommen sie eigentlich darauf?«, fragte ich mich
kurz, sah mich danach im Fenster, besser gesagt mich in
meinem T-Shirt. In Amerika war es schier unmöglich, ein
T-Shirt ohne Aufdruck zu finden. Auf diesem stand auf
Englisch: »Wovor hast du Angst?« Ich atmete auf und
suchte mir in aller Ruhe eine Ecke aus, wo ich in den folgenden Monaten sitzen würde.

»Passt ein bisschen auf, Jungs«, sagte ich auf Griechisch, »es gibt Ausländer, die eure Sprache sprechen.«

Die Kerle, blamiert und in Panik versetzt, kamen mir
lächerlich vor. Von allen Seiten stürzten sie herbei, boten
mir Kaffee, Bier, Obstsaft an, was immer ich wollte, und
etwas musste ich – es ging aufs Haus. Und das nicht nur
an jenem Tag, sondern für die Belgraderin jederzeit!
Nachdem sich das anfängliche Durcheinander beruhigt
hatte, befand Marko, er könne nun herausspazieren. Der
zahme Vogel, ein untypisches Beispiel für den sogenannten
doppelköpfigen Amazonas-Papagei, nahm bequem auf

meiner Schulter Platz, über der Aufschrift »Wovor hast du Angst?«. Wir gingen zusammen um die Theke herum, machten eine kleine Runde durchs Café, lasen, schrieben Briefe. Da ich so ein weiteres »Heimatgefühl« gefunden hatte, konnte ich die Troika von der Veranda überzeugen, diesen Ort ebenfalls zu akzeptieren.

Ekaterini schloss ihn sofort ins Herz. Es kam nicht in Frage, dass wir ohne Orangen- oder Kiwi-Schnitze ins Café gingen. Auch Lucija beruhigte sich in einem der Korbstühle. »Er ist wirklich verrückt!«, sagte sie und lachte endlich. Luka nippte an irgendetwas, das »aufs Haus« ging, und ließ seinen Blick über das Meer schweifen. Der Strand war ganz nah, die ganze Nordküste Griechenlands ein einziger Strand. Fragen der Pediküre und alle anderen ungelösten Fragen verschwanden für immer. Bis auf die Tatsache, dass einer der Stammgäste auf die NATO schimpfte, sobald ihre Lastwagen, wenn auch selten, nach Orfani oder Tuzla hereinfuhren, damit die Soldaten ihre Stiefel ausziehen, den Sand unter ihren Füßen spüren und die Wagen volltanken konnten. Aber auch das ging vorbei, geradeso wie die Bilder im Fernsehen.

Die Abende verbrachten wir auch weiterhin auf der Veranda. Panajotis versorgte uns mit dem einheimischen Wein in Coca-Cola-Flaschen. Lucija erholte sich vom Tag, was hauptsächlich bedeutete vom Kochen. Lukas Schweigen war wie üblich offen, wie auch sein Lächeln, keiner konnte in ihn dringen, und doch ließ er jeden an sich heran. Ganz allein, die Klugheit der Erfahrung und ihre Botschaft spürend, beherrschte er mit der Zeit eine Art mediterraner Meditation. Eigentlich schaffte er es, sie aus dunkler Erinnerung heraufzubeschwören. Er konnte gleichzeitig sowohl distanziert sein als auch an allem, was um ihn herum passierte, teilnehmen. Nur er, würde ich sagen, nahm diese Eigenschaft des Bodens an, auf dem wir uns eingefunden hatten – das richtige Maß. Die Frauen bewahrten, ohne es zu wollen, die unerklärliche Schwere der Umgebung, in der wir den größten Teil des Lebens verbracht hatten. Es geht nicht um Schicksalsergebenheit, noch weniger um Tradition. Es gibt kein Wort dafür. Weder für diese Schwere noch für die Eigenschaft der Frauen, alles Eigene mit sich zu tragen, auch das Aufgezwungene.

Die angenehme Mattigkeit der Abende befreite uns von der Angst, sentimental zu werden. Ekaterini bat mich, ihr die Lieder von Gabi Novak vorzuspielen. Sie kannte die Kassette auswendig, und immer war es, als wartete sie auf den Moment, wenn Gabi flüsternd sang: »Heute Abend möchte ich für dich schön sein, und nimm meine Zeit als Geschenk«, um dann in diesen Versen ihr ganzes Leben zu erkennen. Sie weinte jeden Abend. Die Tränen flossen unaufhaltsam. Lucija regte sich auf: »Bei Gott, wechselt endlich die Kassette, Mama bekommt noch einen Schlaganfall!« Aber für sie war es ein schönes Weinen, ein Weinen der Reinigung, auf keinen Fall des Entleerens. Während sie schluchzte, liebkoste ein Lächeln ihr Gesicht, glättete die Falten, nivellierte die alten und jüngeren Narben, wie jene, die an das Rechaud erinnerte, auf dem sie immer ihren Kaffee gekocht hatte und auf das ihr Kopf fiel, als sie einmal ohnmächtig wurde. Ihr Gesicht überließ sich der Musik wie der Erfüllung eines lange zurückgehaltenen Wunsches. »Lauter«, sagte sie in beiden Sprachen. Ich verstand auch ohne Worte. Das war der Ausdruck des Glücks. Bis dahin hatte ich es abgelehnt, das Wort Glück auszusprechen. Ich ließ es auch in Gedanken nicht zu, weil ich es für eine billige Erfindung, eine Ideologie hielt, und ich weiß gar nicht mehr, was ich diesem im Grunde unschuldigen Wort noch alles zuschrieb. Auch als ich sah, wie das Lächeln die Tränen von Ekaterinis Gesicht wegküsste, sagte ich nicht Glück. Ich sagte nichts. Ich wusste es.

* * *

Die Abende waren der Vergangenheit gewidmet. Ich erinnerte mich an den letzten Sommerurlaub in Dubrovnik, mit Zlatko, »meinem anderen Du«, wie ich eines meiner Bücher genannt hatte. Unsere *Partnerschaft* ist eine der seltenen Beziehungen, die sich nicht ändern. Die anderen gleichen einem Film mit einer unbegrenzten Zahl von Fortsetzungen. Liebesbeziehungen kehrten zurück, ebenso hartnäckig wie all die Kämpfe, immer irgendein Kampf: darum, den Tag zu beginnen, eine Prüfung abzulegen, ein Buch zu veröffentlichen, zur Diplomprüfung zu erscheinen trotz der Drohungen aus der Partei, dass ich ohnehin nicht bestehen würde; eine ganze Reihe von Kämpfen, die einfach niemals zu einem Krieg gehören wollten, egal ob zu einem gewonnenen oder verlorenen. Der Kampf mit mir selbst, die Einladung anzunehmen und zu Caroll zu gehen. Der ständige Kampf zwischen uns beiden, der folgen würde. Der aktuelle Kampf, sie zu überzeugen, dass sie »Zum Papagei« kommt, oder »nach Europa«, wie sie es nannte und das ihr, das betonte sie in jedem ihrer Briefe, wie ein Film erschien – genau so wie mir *ihr* Amerika.

Im Unterschied zur Schwere dieser wörtlichen und intimen Geografien wurde im Café ununterbrochen der Augenblick gefeiert, den man auch Gegenwart, das Leben nennen könnte und der dort einfach geschah. Am Morgen kehrte immer der Fischer ein, um uns als den Ersten zu zeigen, was er in der Nacht gefangen hatte. Wir tranken Kaffee, handelten mit ihm, danach ging er ohne Eile, um seinen Laden zu öffnen. Wesentlich später kam der Metzger vorbei, der gerade wach geworden war. Ohne Absprache, aber immer dann, wenn es an der Zeit war, erschien auch die Friseuse. Lucija und Ekaterini ließen sich im Café ihre Dauerwellen auffrischen. *Papas*, der Pope, war ohne seine Zigarettenspitze zwischen den Zähnen undenkbar. Manchmal kam er allein, ein anderes Mal mit allen vier Kindern: »Meine Frau hat uns rausgeworfen, sie will aufräumen – Weiberkram!« Am Ende dieses alltäglichen lokalen Defilees tauchte der Bäcker auf, den Ekaterini die ganze Zeit sehnsüchtig erwartete, genauer gesagt seine Käsepitas, die famosen Tiropitas.

Alles fügte sich zusammen oder wurde zusammengefasst in jenem magischen Punkt, wie ihn sich nur Márquez ausdenken kann. Weder die Fremden noch ihre Sprachen waren fremd. Man hörte genauso gerne Sirtaki wie »Vaya Con Dios«. Der friedlichen Wärme des Sommers machten auch die nachmittäglichen Gewitter nicht aus. Wir räumten dann rasch und geschickt, als hätten wir es schon immer getan, Stühle und Tische weg, schlossen die Fenster, trugen die Gläser und Blumentöpfe hinein, während Marko bereit war, nur auf meiner Schulter mit in die Vorratskammer zu gehen, wo das Donnergrollen am wenigsten zu hören war. »Trag du ihn, er gehört sowieso dir!«, rief mir in der allgemeinen Eile dann der junge, immer fröhliche Besitzer des Cafés zu. Dass das Café ihm gehörte, hatten wir inzwischen beinahe vergessen und wurden nur daran erinnert, wenn auf seiner kleinen Bühne eine neue Person erschien. Die natürliche Unbeschwertheit seines Besitzers erhob sich in naiver Unkenntnis über alle »Konzepte« und »Projekte«. Scheinbar oder tatsächlich lebte dieser junge Mann ohne besondere Mühe das Ideal eines jeden Gastgebers – bei ihm fühlte sich niemand als Gast.

Das Recht

Ekaterini sprach immer weniger, aber sie wusste immer mehr. Sie strahlte ein allumfassendes Verständnis aus, ein Erkennen der Dinge, und beantwortete Fragen in der Regel immer knapper. Hie und da gab sie mir einen Rat zum Zeichen der Dankbarkeit, »weil ich etwas für sie getan hatte, was noch nie jemand für sie getan hatte«. Obwohl sie sicher war, sich nicht zu irren, wählte sie sorgfältig die Art und Weise aus, wie sie es mir sagte, damit mich die schmerzliche Wahrheit so wenig wie möglich verletzen würde.

»Und, kommt Caroll?«

»Wahrscheinlich. Sie schreibt in jedem Brief etwas anderes.«

»Sie kommt – du wirst schon sehen.«

»Meinst du?« In Orfani oder Tuzla habe ich ihr alles geglaubt.

»Sei nett zu ihr, sie kommt aus einer anderen Welt.«

»Na und?! Sie kann ruhig auch diese hier kennenlernen, vielleicht gefällt sie ihr. Alles ist schöner als ihre endlosen Weiten mit Maisfeldern und die fünf Städte, die aussehen, als seien sie fotokopiert!«

»Kindchen, jeder hat seine eigene Welt. Bedräng sie nicht. Sei behutsam, es wird ihr nicht leichtfallen.«

»Ach, was sollte ihr schon fehlen. Hier hat sie doch alles.«

»Du hast alles, sogar sie. Aber ihr Zuhause wird weit weg sein. Hör auf deine Oma, ich habe das alles hinter mir. Und dank dir, mein Herz, habe ich diese Belohnung erhalten.«

»Schon gut, das hat sich doch nur umständehalber so ergeben.«

»So kann man es auch nennen. Aber *du* hast deine Oma hierher gebracht, wo sie hingehört. Ich möchte nur, dass du im Leben weniger leidest als ich. Du hast nur dieses eine Leben, es lohnt sich nicht zu trauern. Wenn du siehst, dass es nicht geht, dann lass es. Ja, aber der Mensch braucht lange, um an diesen Punkt zu kommen«, und hier ungefähr war das Ende des Gesprächs. Ekaterini ließ es zu, dass ihr Blick sie dorthin führte, wo immer er in diesem Moment hinwollte, zum Blumentopf mit Basilikum, auf die Palme vor dem Haus, aufs Meer, auf die gegenüberliegende Seite der Bucht, die wir kaum erahnen konnten und wo, damit rühmte sich Panajotis, Aristoteles geboren wurde.

* * *

Caroll hatte gesagt, sie habe insgesamt sieben Tage Urlaub, und noch auf dem Flughafen fragte sie, ob ich alles organisiert hätte. Sie verzweifelte, als sie hörte, dass unser Zimmer, wie die meisten Hotelzimmer an der Küste, keine Klimaanlage hatte. Zum Strand ging sie, um sich zu entspannen; großgewachsen wie sie war, musste sie sich krümmen, um in den Schatten des Sonnenschirms zu passen, und las den ganzen Vormittag lang. Sie ging kaum ins Wasser, und wenn, schwamm sie genau fünfundzwanzig Minuten mit der obligatorischen Taucherbrille, als handle es sich um ein großes Schwimmbecken. Sie fürchtete sich ständig: vor dem Salzwasser, das ihren Augen schaden könnte, vor dem Essen in den Restaurants, die nicht hygienisch genug wirkten, vor den Bemerkungen in mindestens zwei Sprachen, die sie nicht verstand, von denen sie aber wusste, dass sie auf Amerikaner an sich gemünzt und nicht freundlich waren, hatte Angst, schwarz Geld zu tauschen statt in der Bank, wo der Wechselkurs viel schlechter war, und vor den schon erwähnten Quallen und Schnaken.

Als sie inmitten dieses Reichtums an Obst und Meeresfrüchten einen Hotdog verlangte, wurde ich rasend vor Wut, aber nur in Gedanken, denn ich dachte dabei die ganze Zeit an die Worte meiner Großmutter. Das Schweigen zahlte sich aus – ich genoss es, ihr zuzusehen, wie sie sich über diese komische Wurst freute, sich mit dem Essen Zeit ließ und sie liebevoll betrachtete. Solch eine Zärtlichkeit hatte ich lange nicht mehr an ihr erlebt – seit jenem Moment nicht mehr, als sich auf dem Flughafen von Chicago unsere Blicke zum ersten Mal trafen, ich ihr Großmutters Perlmuttkreuz schenkte und sie sich mit ihren blauen Augen bedankte und dem nie mehr wiederholten Blick, der mir in diesem Moment ihr ganzes Wesen zurückschenkte.

Gegen Ende ihres siebentägigen Urlaubs saßen wir auf der Terrasse, schon im Voraus niedergeschlagen von der schwierigen Aufgabe, uns gegenseitig alles offen zu sagen. Was mich bedrückte, war nicht die Schwierigkeit, gegen die ich, auf dem Balkan lebend, beinahe immun geworden war. Es war etwas viel Schlimmeres – die Unlösbarkeit. Und als sie schließlich sagte: »Du bist mein nicht realisiertes Projekt« – Worte, durch die ich, so scheint es mir, noch heute jeden Augenblick sterben könnte –, begriff ich, wie sehr Ekaterini recht hatte: Caroll sagte die Wahrheit. Ich spürte einen unermesslichen Schmerz, sie hingegen Leere. Ersteres kann man ertragen, das Zweite kann man nicht füllen. So wie die Leere nach dem Verlust eines uns nahen Menschen, den die Dichterin Marina Cvetaeva mit einem

Wort umreißt: »Sein!« Wenn jemand stirbt, mit dem dein Leben erfüllt war, sagt Marina, dann fehlt er dir, aber er ist da, du spürst kein Zerbrechen, sondern Anwesenheit. Wenn jedoch jemand verschwindet, mit dem dein Leben unerfüllt war, bleibt nur trostlose Trauer.

Heilige Marina

Die Verwandten Anastasia, Georgia, Panagia, Sula, Sofula, Angelikula, Hristina, Zoi kommen an. Sie kommen mindestens einmal monatlich, wallfahren, über den Kalender verteilt wie Feiertage, um die Tante zu sehen. Feierlich geht jede zuerst auf sie zu, erlaubt ihr nicht aufzustehen, sondern beugt sich zu ihr hinab, um sie zu küssen, manch eine küsst ihr die Hand, bekreuzigt sich, »der Herrgott möge dir ein langes Leben schenken«, sagt sie, dann reicht sie ihr rituell den Fächer.

Das Leben in Orfani mit dem alten Ortsschild ist keineswegs eintönig. Jede Woche ist Bauernmarkt. Die Händler stellen ihre Stände auf der Straße auf, überladen mit Schmuck aller Art, aber es gibt auch wertvolle handgearbeitete Dinge, und die Englisch oder Deutsch sprechenden Touristen fragen nicht nach dem Preis. Die Griechen machen Scherze, verlangen das Doppelte, die Ausländer bezahlen. Die Handarbeiten sind bereits am ersten Marktabend ausverkauft, und die Einwohner, die zu Geld gekommen sind, bestellen Musik, laden ihre Freunde ein. Ekaterini tritt am zweiten Tag auf, wenn die Situation bereinigt ist, das heißt, wenn nicht mehr so viele »Barbaren« da sind; sie trägt eines der eleganten Kleider, die ihr Anastasia, Georgia, Panagia, Sula oder Zoi mitgebracht haben. In jeder Hand hält sie einen Fächer, mit dem sie so vornehm wedelt, wie es ihrer Vorstellung nach spanische Damen tun. Ihre Beine tragen sie mindestens zwei Mal die Reihe der Stände entlang, und sie akzentuiert diese beiden theatralischen Gänge, indem sie lange einen neuen Fächer auswählt. Lucija mimt die ganze Zeit ihren Leibwächter, passt auf, dass niemand aus der Menge sie berührt, weil für Ekaterini, davon ist Lucija überzeugt, selbst eine leichte Berührung das Ende wäre. Sie regt sich auf, ist schweißgebadet, schreit lauter als die Lautsprecher, aus denen Busukis lärmen.

»Mama, wann findest du mal ein Ende?! Um Gotes willen! Wozu brauchst du so viele Fächer?! Was willst du mit ihnen in Belgrad machen?«

Ekaterini denkt nicht im Traum daran zu antworten, wählt ruhig den nächsten Fächer aus. Es amüsiert sie, dass ihre Tochter auch das nicht begreift, und noch besser ist, dass es tatsächlich gar keine Erklärung gibt. Wie sollte man auch das Wort »ćef« übersetzen und in welche Sprache? Wozu? Fächer sind reine Caprice, um der Caprice willen – Ekaterini genießt das. »Was hat sie nur vor?«, fragt Lucija sich immer wieder und treibt sich damit das ganze Leben hindurch in den Wahnsinn, gründlich, konsequent, bis zum Schluss, wie auch jetzt auf dem Markt.

»Wer soll diese ganzen Sachen bloß wieder packen?«, droht sie.

»Warum sollte ich packen?«, antwortet Ekaterini leichthin, während sie jedem Passanten zulächelt, darauf achtend, kein Gesicht zu übersehen.

»Du weißt doch, dass wir bald nach Belgrad zurückkehren?!«

»Langsam, mein Kind, das hat noch Zeit.«

Luka und Panajotis begutachten die Auslage eines Werkzeughändlers. Sie grinsen, haben etwas ausgeheckt. Ekaterini behält sie im Auge, obwohl sie sich gleichzeitig freundlich den Passanten widmet. Lucija bemerkt nicht, wie Luka näher kommt und der Schwiegermutter einen Fächer reicht: »Gnädige Frau, mein bescheidenes Geschenk für Ihre Fächersammlung!«

Panajotis spricht nur ein paar Worte Serbisch, aber er versteht es ausgezeichnet, Charaktere und Situationen einzuschätzen, und biegt sich vor Lachen. Lucija schreit Luka an. Ihre Stimme ist schon kraftlos, sie verliert sich besiegt von der Erschöpfung der einsamen Kämpferin nun auch gegen die Busukis. Ekaterini nimmt vornehm das Geschenk an, dankt dem Schwiegersohn, mit dem sie die letzten zehn Jahre vor den Bombardierungen nicht mehr gesprochen hatte, geht gemessenen Schrittes weiter und lächelt. Der Verkäufer von Ikonen, kleinen Kruzifixen, Rosenkränzen und anderen religiösen Gegenständen nähert sich ihr. Er stellt sich höflich vor, küsst ihr die Hand.

»Gnädige Frau, ich bin Polizist im Ruhestand. Sobald ich ein Gesicht sehe, weiß ich, um was für eine Person es sich handelt. Sie habe ich schon öfter gesehen, und erlauben Sie mir, Ihnen etwas zu sagen, ehrlich, damit Sie mich nicht falsch verstehen.«

»Ja?«, Ekaterini hört für einen Moment auf, mit den Fächern zu wedeln, und schätzt ab, wie viel Interesse sie diesem Herrn beimessen wird.

»Ich habe gedacht, dass ich viel von Menschen verstehe, aber dem ist nicht so. Das Leben überrascht einen dauernd, als ob es beweisen wolle, dass es dem Menschen nicht gegeben ist, andere wirklich kennenzulernen. In einer Sache jedoch habe ich mich niemals getäuscht – eine Frau ist nur schön, wenn sie lacht! Tja, das wollte ich Ihnen sagen, und nun grüße ich Sie und wünsche Ihnen alles Gute.«

Ekaterini bedankt sich nach der Art einer Dame aus Thessaloniki und geht weiter, wobei es ihr gelingt, ihren Gang nicht zu verändern. Der Ikonen- und Kruzifix-verkäufer schaut ihr lange nach und bewundert sie aufrichtig. Panajotis und Luka bekommen vor Lachen kaum noch Luft. Lucija zweifelt nicht mehr daran, dass sie auf diesem Markt tot umfallen wird.

* * *

Auf dem Weg von Thessaloniki in Richtung Kavala, in den von Kiefern und Tannen bewachsenen Bergen, irgendwo zwischen zwei berühmten Geysiren, von denen man nie weiß, wann sie wieder aktiv werden, befindet sich ein wunderschönes byzantinisches Bauwerk von bescheidener Größe, eingefügt in die Landschaft aus Grün und rostfarbener Erde. Aus Stein erbaut und der Form nach Katakomben nachempfunden, mit eher krummen als geraden Linien, harmonisch wie die ehemals natürlich schönen Mädchen, ruht die Kirche der Heiligen Marina an einer Stelle, die eigens für sie geschaffen scheint. Sie ist so beschaffen, dass die Autofahrer sie in der Eile nicht bemerken, vor allem nicht die Touristen, die ans Meer rasen, denn von dieser Stelle aus muss man noch fünfzig Kilometer überwinden, vorbei an den zwei schlafenden Geysiren und ihren Seen. Seit Ekaterini sie bei einer ersten Spazierfahrt entdeckt hat, nutzt sie jedes Angebot von Panajotis: »Tante, wohin soll ich dich ausführen?«, um sie zu besuchen. Von dieser Wallfahrt erfuhr ich erst viel später, nachdem Lucija und Ekaterini schon wieder nach Belgrad zurückgekehrt waren, um in der Wohnung nach dem Rechten zu sehen. Als ich die Kirche der Heiligen Marina sah, bat ich Panajotis anzuhalten. Er presste die Lippen zusammen und hielt nur mit Mühe seine Tränen zurück.

»Was hast du?« Ich dachte, ihm sei nicht gut, denn es kam eigentlich nie vor, dass Panajotis nicht lachte oder sang.

»Diese Kirche, weißt du …«

»Zur Heiligen Marina, nicht wahr? Sie ist wunderschön!«

»Deine Oma wollte immer, dass ich sie hierher bringe. Immer wieder. Ich hatte das Gefühl, dass sie sich gerade hier von uns allen verabschiedet und eine andere Welt kennenlernt.«

»Wirklich?« Was ihn so traurig machte, erfüllte mich mit Freude. Noch etwas, das uns verband.

»Auch an jenem letzten Tag.«

»An welchem Tag?«

»Als ich sie nach Thessaloniki zum Busbahnhof brachte. Sie wollte, dass wir hier anhalten. Deine Mutter fürchtete, dass sie den Bus verpassen würden, und schickte mich hinein, um sie so schnell wie möglich herauszuholen. Ich stand in der Tür und beobachtete sie. In der Hand hielt sie eine Kerze, die sie hier gekauft hatte, siehst du, in dem kleinen Laden dort. Und eine kleine Ikone. Es war etwas, ich weiß nicht, wie ich es nennen soll, etwas Wunderschönes, Göttliches in diesem Bild – sie, die Kerze und die Ikone. Gott vergib mir, die Tante sah wie eine Ikone aus«, Panajotis weinte jetzt laut.

»Von dieser Kirche aus ist sie nach Belgrad gefahren?«

»Ja. Aber erst bat sie den Popen um einen Tiegel. Ich habe zwar zugehört, aber nichts verstanden. Er verstand und ging wortlos in das Häuschen da drüben, siehst du, dort lebt er. Sie wartete an der Pforte. Er kam bald zurück mit einem Tiegel und einem Löffel. Sie sagte nichts, er kratzte mit dem Löffel etwas Erde los und füllte sie in den

Topf. Sie dankte ihm, küsste seine Hand. Dann habe auch ich verstanden, ich weinte, begleitete sie zum Auto. Sie gab Lucija den Tiegel und sagte: ›Ich möchte, dass ihr diese Erde auf mein Grab streut – griechische Erde.‹ *Kajmeni tia*, arme Tante«, Panajotis wischte sich die Tränen ab, setzte sich auf die Bank, zündete sich eine Zigarette an. Der Moment war voller Geschichten, bekannten und unbekannten. Lebensgeschichten, in welchen es sowohl Lachen als auch Tränen gibt und alles sein Maß hat. Wo die Geheimnisse in Harmonie mit den allgemein bekannten Dingen leben. Wie der Frieden dieser Kirche neben der Straße.

* * *

Wir verabschiedeten uns in der Konditorei »Gardenia« in Asproválta, einem kleinen Ort, der in jenem Jahr zur Stadt ernannt wurde. *Aspro* bedeutet auf Griechisch weiß. Das kam mir in den Sinn, als ich sie nach Belgrad verabschiedete, als würde es sich nur um eine Reise handeln, einen unserer zahlreichen Reiseabschiede. Wir wussten beide, dass wir uns nicht mehr sehen werden. Die alltäglichen Details trugen innig zur Würde der Szene bei – der kalte Nescafé und die Tiropita vor Ekaterini, die beiden Fächer in ihren Händen, das übliche Gedränge, der wunderschöne sonnige Tag.

»Lass uns Abschied nehmen, Kind«, sagte sie bewundernswert ruhig. »Wir werden uns nicht mehr wiedersehen, und ich möchte dir für alles danken, vor allem für das hier. Ich weiß, dass du verstehst, was es bedeutet, in einem fremden Land zu leben, und was es heißt, im eigenen Land zu sein. Ich küsse dich und wünsche nur eines, möge es dich im Leben immer begleiten – *agapi, agapi!*«

Ich küsste sie mit Stolz, weil wir beide es damals, in der Konditorei »Gardenia« und viele Male zuvor, und auch jetzt, während ich jeden Sonntag eine Kerze aus der Kirche der Heiligen Marina anzünde, geschafft hatten, nicht so sehr die Würde als vielmehr die Schönheit des Augenblicks, seine Feierlichkeit, Unwiederholbarkeit, sein ewiges Andenken vor der Invasion der Pathetik zu bewahren, die sich in unterschiedlichsten Formen und manchmal in bester Absicht auf unsere Nomadenleben herabstürzt. Diese Verbindung blieb nur unsere, obwohl wir niemandem verwehrten, auf diesem Pfad zu gehen, diesem einen Pfad, auf dem wir uns beide bewegten, trotz der unvorhersehbaren Menge an Geografien, die sich in jedem einzelnen Leben ablagern.

Die Muschel

Der Besuch ihres Grabes ist für mich ein Spaziergang. Man sagt, dass Lešće ein Luftkurort sei. Und tatsächlich, ich kehre vom Friedhof erfrischt zurück, berauscht vom Sauerstoff. Meistens gehe ich mit Freunden, die ebenfalls Hunde haben. Wir steigen bis zur Anhöhe hinauf, wo die sterblichen Überreste mit dem Kopf gen Süden liegen. Die Leute, wie sie nun mal sind, schimpfen – wir sollten uns was schämen, Hunde auf den Friedhof mitzubringen. Ich erinnere mich, wie Ekaterini lachte, wenn wir unseren Charly ausführten und die Leute uns beschimpften, als wären Hunde das größte Problem in ihrem Leben. Und wieder erinnere ich mich stolz, dass menschliche Dummheit sie niemals verärgerte, sondern nur zum Lachen brachte. Wie viel Liebe im Lachen liegt, denke ich.

Auf ihrem Grab, genau an der Stelle, von wo man sich eine direkte Linie zur Paralia denken kann, entdecke ich eine Muschel. Klein, aber ebenmäßig geformt wie ein ausgebreiteter Fächer. Wahrscheinlich ist es eine Flussmuschel, die jemand von irgendeinem Ufer der Donau oder Save hergebracht hat. Zufall? Es ist schöner, sich das Leben als eine Reihe von Zufällen zu denken – geht mir durch den Kopf, während ich mit einem geschenkten lang anhaltenden Lächeln auf dem Gesicht und meinen Hundefreunden nach Hause gehe, plaudernd. Ich kann über irgendetwas reden und gleichzeitig das Flattern der Fächer hören, versäume kein einziges griechisches, serbisches, englisches, spanisches, immer verständliches und wunderbar schönes Wort.

Über die Autorin

Marija Knežević, geboren 1963 in Belgrad, Magister der Komparatistik, veröffentlichte bisher folgende Werke:

Hundefutter (Hrana za pse, Roman in kurzen Erzählungen, Matica srpska, 1989).

Elegische Ratschläge für Julija (Elegijski saveti Juliji, Lyrik, BIGZ, 1994).

Dinge für den persönlichen Gebrauch (Stvari za ličnu upotrebu, Lyrik, Prosveta, 1994).

Zeitalter der Salome (Doba Salome, Lyrik, Prosveta, 1996).

Mein anderes Du (Moje drugo ti, Lyrik, Vajat, 2001).

Querida (Querida, E-Mail-Korrespondenz mit Anika Krstić aus dem bombardierten Belgrad, Vajat, 2001).

Zwanzig Gedichte über die Liebe und ein Liebesgedicht (Dvadeset pesama o ljubavi i jedna ljubavna, Lyrik, Rad, 2003).

Das Buch vom Fehlen (Knjiga o nedostajanju, Essays, Nezavisna izdanja Slobodana Mašića, 2003).

Das Buch vom Fehlen (Auswahl aus dem Essayband »*Knjiga o nedostajanju*«, Wieser Verlag, 2004, zweisprachige Ausgabe, ins Deutsche übersetzt von Goran Novaković).

Die späte Stunde (Kasni sat, Auswahl und Übersetzung der Lyrik von Charles Simic. Oktrovenje, 2000).

Ihr neuer Gedichtband, *In tactum*, erschienen 2005 in der Ausgabe der *Kraljevačka Povelja / Kraljever Urkundenrolle*.